Karma
is a Bitch

Hiermit möchte ich mich herzlich bei meiner lieben Freundin Bibi bedanken, die mehr als nur eine Geburtshelferin für meinen Roman war.
Weiterhin bedanke ich mich bei meinem Testleser Burkhard Sonntag sowie bei den lieben Personen, die ihre Fotos für mein Cover zur Verfügung gestellt haben

Katrin Knecht

Katrin Knecht

Karma
is a Bitch

*Bibliografische Information der Deutschen Nationalbibliothek:
Die Deutsche Nationalbibliothek verzeichnet diese Publikation in der Deutschen Nationalbibliografie; detaillierte bibliografische Daten sind im Internet über http://dnb.dnb.de abrufbar.*

© 2014 Katrin Knecht

*Alle Rechte vorbehalten.
Unbefugte Nutzungen, wie etwa Vervielfältigung, Verbreitung, Speicherung oder Übertragung, können zivil- oder strafrechtlich verfolgt werden. Personen und Handlungen sind frei erfunden. Etwaige Ähnlichkeiten mit real existierenden Menschen sind rein zufällig und nicht beabsichtigt.*

*Coverbilder
Frau mit Erdbeere:* © *picjumbo.com - Victor Hanacek
Mann, lachend:* © *freeimages.com - connalee (Conna Lee)
Mann, rauchend:* © *freeimages.com - CMseter (Peter Suneson)*

*Herstellung und Verlag:
BoD – Books on Demand, Norderstedt*

ISBN: 978-3-734-737-657

Inhaltsverzeichnis

Kapitel 1 7
Kapitel 2 37
Kapitel 3 47
Kapitel 4 59
Kapitel 5 92
Kapitel 6 132
Kapitel 7 158
Kapitel 8 178
Kapitel 9 185
Kapitel 10 200
Kapitel 11 222
Kapitel 12 228
Kapitel 13 234

Kapitel 1

Mit dem Karma ist es so eine Sache. Man sagt, dass alles, was man tut, letztendlich wieder auf einen selbst zurückfällt. Ich rechnete mir aus, ob ich gerade eher ein gutes oder ein schlechtes Karma hatte, während ich im Hausflur meiner Wohnung auf- und ablief. Letzte Woche hatte ich eine alte Dame an der Supermarkt-Kasse vorgelassen. Das wäre ein Pluspunkt auf dem Karma-Konto. Kurz danach hatte ich jedoch einen anderen Autofahrer angeschrieen, der mir die Vorfahrt genommen hatte. Mist.

„Jessi, ich bin so aufgeregt, was soll ich nur anziehen? Ich hab gar nichts Gescheites in meinem Schrank!"

Meine arme beste Freundin musste wirklich viel Geduld für mich aufbringen. Ich ähnelte eher einem hysterischen Huhn als einer jungen Frau von neunzehn Jahren, so nervös, wie ich zwischen Kleiderschrank und Spiegel hin- und herwuselte. Jessica Nagler war die Ruhe in Person und vermutlich gerade deshalb schon seit sieben Jahren meine beste Freundin. Wir waren wie Feuer und Wasser und ergänzten uns daher ganz gut. Ich war der Typ unkonzentrierter Chaot, immer unter Strom und meistens in Bewegung, rasch zu begeistern und genauso schnell gelangweilt. Jessi dagegen pflegte schon seit ihrer Kindheit dieselben Hobbies. Sie liebte Ordnung und ihre Klamotten lagen immer fein säuberlich geordnet auf akkuraten Stapeln in ihren Kleiderfächern, während mein eigener Kleiderschrank meistens aussah wie nach einer Bombenattacke – vor allem heute, an diesem für mich überaus wichtigen Tag.

Der Grund für das Chaos in meinem Schrank – und nicht nur dort – war Benni. Ich hatte ihn vor ein paar Monaten in der Diskothek *Absolut* in Mössingen kennen gelernt und mich auf Anhieb super mit ihm verstanden. Obwohl ich seit unserer ersten Begegnung bis über beide Ohren in ihn verknallt war, spielte ich ihm gegenüber die coole Kumpel-Freundin. Zu groß war meine Angst, die aufkeimende Freundschaft zu zerstören, wenn ich ihm meine Gefühle zeigen würde.

Bisher hatte ich Benni immer zufällig im *Absolut* getroffen. Heute wollte er Jessi und mich zum ersten Mal mit in den Mähringer Motorradclub nehmen. Als begeisterter Motorradfahrer war er dort seit geraumer Zeit Stammgast.

Doch zuvor brachte mich die Suche nach dem perfekten Outfit beinahe zur Verzweiflung. Ich wollte nach taffer Bikerbraut aussehen. Da ich mich normalerweise eher in einer Mischung aus frech und elegant stylte, hatte ich ausschließlich schicke Tops und Stoffhosen, Kleider und Röcke vor mir. Mittlerweile lag fast der komplette Inhalt meines Kleiderschranks auf dem Fußboden verstreut.

„Aaaargh", schrie ich jammervoll, „warum hab ich blöde Kuh nicht wenigstens eine Lederjacke? Und wenn es nur eine aus Kunstleder wär!"

Jessi erhob sich grazil von meinem Bett. Sie hätte mit ihren 1,82 m glatt Model werden können. Darüber hinaus war sie alles andere als eine Tussi. Sie passte optisch viel besser in einen Motorradclub als ich.

„Ach, Mini!" Jessica legte mir beruhigend ihre Hände auf die Schultern. Sie nannte mich immer Mini, wenn ich anfing, wirklich nervig zu werden, also mindestens zwanzigmal am Tag. Mit meinen 1,68 m konnte man mich zwar nicht wirklich klein nennen, aber neben meiner großen Freundin fühlte ich mich winzig, weswegen ich ursprünglich dachte, sie bezöge „Mini" auf unseren Größenunterschied. Wie war mir damals die Kinnlade heruntergefallen, als sie mir lachend erklärt hatte, dass sie mit dem Spitznamen die Größe meines Gehirns meinte! Na, ich wusste ja, dass sie damit nur scherzte. Hoffte ich.

„Hilf mir, Jessi! Und nenn mich bitte nicht Mini! Was soll denn sonst mein Schnuckel denken? Auch für dich bin ich heute schlicht und ergreifend Diana!" bat ich sie. Wie immer, wenn ich aufgeregt war, fuchtelte ich mit meinen Händen herum, während ich redete. Dabei verhakte sich meine rechte Hand in einem schwarzen Top, das zur Hälfte über einer Stuhllehne hing. Ich zog es zu mir heran und beäugte es näher. Es handelte sich um eins meiner Lieblingsstücke. Ein schwarzes Neckholder-Top aus Samt. Bauchfrei. Sehr sexy. Sehr edel. Meine Augen leuchteten.

„Das würde Benni sicher scharf machen", jubelte ich.

schminken. Das ging bei mir ruckzuck, da ich im Gegensatz zu meinen Outfits beim Schminken nie herumexperimentierte. Ich wusste, welcher Lippenstift mir am Besten stand, daher verwendete ich ausschließlich diesen. Make-Up-Grundierung, schwarzen Kajal ins Auge, Wimperntusche. Nun noch ein Spritzer meines absoluten Lieblingsparfüms: *100% pure Chipie purple*. Laut Werbung kein Duft für softe Schwestern. Also genau richtig für mich. Soft konnte man mich wirklich nicht nennen. Ich zwinkerte meinem Spiegelbild zu und freute mich, dass Benni uns bald abholen würde.

Jessi war für den Motorradclub super angezogen. Sie trug ebenfalls Bluejeans, dazu ein schickes schwarzes Ripshirt und darüber eine ebenfalls schwarze Lederjacke. Die Glückliche. Ich hätte so gerne auch eine Lederjacke gehabt – zumindest an diesem Abend.

„Noch zwanzig Minuten, bis Benni kommt. Trinken wir was?" schlug ich vor.

Jessica nickte grinsend.

„Das hab ich mir schon gedacht, dass du vorglühen willst! Ich hab dir auch was Schönes mitgebracht!" Sie zog eine Flasche Jack Daniel´s und zwei Flaschen Cola aus ihrem Rucksack.

„Wow! Meine Jessi! Du denkst einfach an alles!" jauchzte ich und fiel meiner Freundin um den Hals. Ich holte zwei Gläser, wir mischten den Jacky mit Cola und tranken mit wenigen Schlucken.

„Na, dann lass den Burschen mal kommen", brummte meine Freundin zufrieden.

schminken. Das ging bei mir ruckzuck, da ich im Gegensatz zu meinen Outfits beim Schminken nie herumexperimentierte. Ich wusste, welcher Lippenstift mir am Besten stand, daher verwendete ich ausschließlich diesen. Make-Up-Grundierung, schwarzen Kajal ins Auge, Wimperntusche. Nun noch ein Spritzer meines absoluten Lieblingsparfüms: *100% pure Chipie purple*. Laut Werbung kein Duft für softe Schwestern. Also genau richtig für mich. Soft konnte man mich wirklich nicht nennen. Ich zwinkerte meinem Spiegelbild zu und freute mich, dass Benni uns bald abholen würde.

Jessi war für den Motorradclub super angezogen. Sie trug ebenfalls Bluejeans, dazu ein schickes schwarzes Ripshirt und darüber eine ebenfalls schwarze Lederjacke. Die Glückliche. Ich hätte so gerne auch eine Lederjacke gehabt – zumindest an diesem Abend.

„Noch zwanzig Minuten, bis Benni kommt. Trinken wir was?" schlug ich vor.

Jessica nickte grinsend.

„Das hab ich mir schon gedacht, dass du vorglühen willst! Ich hab dir auch was Schönes mitgebracht!" Sie zog eine Flasche Jack Daniel´s und zwei Flaschen Cola aus ihrem Rucksack.

„Wow! Meine Jessi! Du denkst einfach an alles!" jauchzte ich und fiel meiner Freundin um den Hals. Ich holte zwei Gläser, wir mischten den Jacky mit Cola und tranken mit wenigen Schlucken.

„Na, dann lass den Burschen mal kommen", brummte meine Freundin zufrieden.

Ich zog es heraus und schlüpfte gleich rein. Jessi stieß einen Zischlaut aus.

„Finde ich zu gewagt für einen ersten Abend im Clubhaus, wo Bennis Freunde sind. Nimm doch lieber etwas Unauffälligeres."

„Unauffällig? Ich?" Ich musste herzlich lachen.

Schlichte Klamotten waren mir viel zu langweilig. Jessica liebte es, bei H&M einzukaufen, und schleppte mich das eine oder andere Mal mit dort hin, doch bei der Vielzahl an unifarbenen Tops hielt ich es nie lange aus und landete maximal zehn Minuten später wieder in meinen Stammläden Pimkie, Orsay und New Yorker. Im letztgenannten Laden hatte ich neulich eine umwerfend coole schwarze Lackjacke gefunden, die ich natürlich mitnehmen MUSSTE, obwohl mein Budget dies eigentlich ganz und gar nicht zugelassen hatte. Was soll´s, man lebt nur einmal. Genau diese Jacke wollte ich heute Abend mit in den Motorradclub nehmen.

Ich weiß, als ihr gerade „bauchfreies Camouflage-Top" gelesen habt, werdet ihr sicher die Hände über dem Kopf zusammengeschlagen haben, aber hey, man schrieb das Jahr 1998, und damals war bauchfrei schwer angesagt. Ehrlich.

Ein kurzer Blick auf die Uhr zeigte mir, dass mein Timing ausnahmsweise perfekt war. Benni hatte versprochen, uns um halb acht bei mir zu Hause abzuholen, und mein kleiner Digitalwecker zeigte an, dass es gerade mal kurz vor sieben war. Da ich meine rotbraunen Locken schon vor der Outfit-Frage gebändigt hatte, musste ich mich nur noch

Jessica schüttelte nur den Kopf. „Mädel, wir gehen in einen MOTORRADCLUB! Willst du, dass alle über dich tuscheln?"

Mir war das, ehrlich gesagt, schnuppe. Jessica empfand da ganz anders. Niemals hätte sie irgendetwas angezogen, das anderen Leuten den Eindruck verpassen könnte, sie wäre leicht zu haben. Jessi entsprach eher dem Jeans-und-T-Shirt-Typ. Oder sie trug Blusen. Mit langen Ärmeln.

„Zieh doch einfach eine Jeans an, du hast so schöne Jeanshosen!" riet sie mir und fischte nach einigem Wühlen meine zerfetzte Levi´s 501 in stonewashed blue heraus.

„Das passt doch super!" Demonstrativ wedelte sie mir mit dem Kleidungsstück vor der Nase herum.

„Hmmm……", brummte ich. Sie hatte recht.

Diese Jeans könnte locker einen Ausflug in den Motorradclub mitmachen, dachte ich.

Was Jessica sonst noch aus den Tiefen meines Kleiderschranks herauszog, missfiel mir jedoch gründlich. Vor zwei Jahren hatten wir zusammen ein Heavy-Metal-Festival besucht. Meine beste Freundin hielt mir nun das derbe T-Shirt mit der Aufschrift „Guns n' Roses", welches ich auf dem Festival getragen hatte, unter die Nase. Es hätte eigentlich gut in den Club gepasst, war mir aber in Anbetracht der Tatsache, dass Benni mich den ganzen Abend so sehen würde, viel zu unsexy.

Ich schüttelte meinen Kopf und wühlte mich durch den Schrank, bis ich den zarten Stoff meines bauchfreien Camouflage-Oberteils fühlen konnte.

Jessi erhob sich grazil von meinem Bett. Sie hätte mit ihren 1,82 m glatt Model werden können. Darüber hinaus war sie alles andere als eine Tussi. Sie passte optisch viel besser in einen Motorradclub als ich.

„Ach, Mini!" Jessica legte mir beruhigend ihre Hände auf die Schultern. Sie nannte mich immer Mini, wenn ich anfing, wirklich nervig zu werden, also mindestens zwanzigmal am Tag. Mit meinen 1,68 m konnte man mich zwar nicht wirklich klein nennen, aber neben meiner großen Freundin fühlte ich mich winzig, weswegen ich ursprünglich dachte, sie bezöge „Mini" auf unseren Größenunterschied. Wie war mir damals die Kinnlade heruntergefallen, als sie mir lachend erklärt hatte, dass sie mit dem Spitznamen die Größe meines Gehirns meinte! Na, ich wusste ja, dass sie damit nur scherzte. Hoffte ich.

„Hilf mir, Jessi! Und nenn mich bitte nicht Mini! Was soll denn sonst mein Schnuckel denken? Auch für dich bin ich heute schlicht und ergreifend Diana!" bat ich sie. Wie immer, wenn ich aufgeregt war, fuchtelte ich mit meinen Händen herum, während ich redete. Dabei verhakte sich meine rechte Hand in einem schwarzen Top, das zur Hälfte über einer Stuhllehne hing. Ich zog es zu mir heran und beäugte es näher. Es handelte sich um eins meiner Lieblingsstücke. Ein schwarzes Neckholder-Top aus Samt. Bauchfrei. Sehr sexy. Sehr edel. Meine Augen leuchteten.

„Das würde Benni sicher scharf machen", jubelte ich.

Im Gegensatz zu den meisten meiner Freundinnen hauste ich nicht mehr bei meinen Eltern, sondern hatte eine süße Zweizimmerwohnung angemietet, die ich mit meinem mickrigen Ausbildungsgehalt gerade so bezahlen konnte. Das war mir meine Unabhängigkeit jedoch wert. Außerdem ließ mir mein Vater monatlich eine Unterstützung zukommen.

Kurz nach halb acht klingelte es an meiner Haustür. Ich öffnete mit meinem strahlendsten Lächeln – um gleich darauf blöd aus der Wäsche zu gucken. Benni war nicht allein. Ein komischer Typ stand neben ihm, den ich noch nie zuvor gesehen hatte.

Eigentlich logisch, dass er nicht allein kommt, wenn ich ihm sage, dass ich meine beste Freundin mitschleppe, dachte ich. Eigentor. Ich trat mir gegen mein eigenes Schienbein. Zumindest in Gedanken. Hätte ich es wirklich gemacht, hätte es sicher auch zu komisch ausgesehen.

„Äh... hi, wollen wir gleich los?" fragte ich verlegen, als ich in Bennis große blaue Augen mit den unendlich langen Wimpern blickte. Verflixt, warum wurde ich nur so bescheuert schwach und nervös in seiner Nähe?

Sein Kumpel grinste breit. Er sagte gar nichts.

„Das ist übrigens der Sascha!" stellte Benni mir seinen Freund vor. Der musterte mich unverhohlen von oben bis unten. Ich konnte ihn sofort nicht leiden. Typischer Beau. Sah aus wie geleckt. So groß wie Jessi, braune Stoppelhaare, blaugrüne Augen, gute Figur. Aufgestylt. Schönling halt. Macho. Idiot.

Ich wandte mich so abrupt ab, dass meine Haare herumwirbelten.

„Gehen wir!" rief ich Jessica zu und schnappte mir meine Lackjacke.

Benni fuhr den roten VW Golf seiner Mutter. Er war ein Jahr jünger als ich und hatte erst seit Kurzem den Führerschein. Sein toller Kumpel Sascha setzte sich natürlich auf den Beifahrersitz, also mussten Jessi und ich nach hinten.

Benni legte eine *Böhse Onkelz*-CD ein und kurz darauf sangen wir alle vier lauthals mit.

Sascha drehte sich um und grinste mich an. *Vielleicht ist er ja doch nicht so übel*, dachte ich.

Der Motorradclub befand sich in Mähringen. Von meinem Wohnort Betzingen aus brauchte man mit dem Auto ungefähr fünfzehn Minuten dort hin.

Sascha nippte während der Fahrt immerzu an einer Flasche.

Da ich direkt hinter ihm saß, konnte ich nicht erkennen, was er trank. Neugierig, wie ich nun mal bin, fragte ich nach.

„Jacky-Cola! Hab ich mir daheim gemischt!" rief er mir zu, dachte aber gar nicht daran, mir oder Jessica etwas davon anzubieten. Benni gab er ebenfalls nichts ab, doch der musste ja sowieso fahren.

„Hey, Diana!" Das war wieder Sascha. Meinen Namen hatte er sich also gemerkt, doch nicht ganz so selbstverliebt.

„Was ist?" hakte ich nach.

Darauf ertönte von vorne:

„Willst du mit mir vögeln?"

Ich war geschockt und fühlte, wie die Wut kochend heiß durch meine Adern brodelte.

„Waaaas?" Die Schrecksekunde dauerte nur kurz, meine Hundeschnauze gewann die Oberhand.

„Mit dir? Nie im Leben!" blaffte ich ihn an.

Sascha drehte sich zu mir um und erwiderte cool:

„Wohl lieber mit dem Benni!" Darauf lachte er schallend.

Ich wusste nicht, was ich dazu sagen sollte, daher starrte ich nur schweigend und mit zusammengebissenen Zähnen aus dem Fenster. Jessica musste sich sichtlich das Lachen verkneifen.

Zum Glück parkte Benni gerade das Auto ein und war entweder zu abgelenkt oder zu höflich, um den Wortwechsel zu kommentieren. Oder er kannte einfach seinen Arschloch-Kumpel. Den hatte ich ab diesem Zeitpunkt jedenfalls vollends gefressen.

Der Motorradclub lag am Ortsrand in einer kleinen Senke. Er befand sich in einem Häuschen, vor dem eine Grillstelle angelegt worden war.

Wir stiegen aus und konnten schon auf dem Parkplatz die Musik vom Motorradclub hören. Es wurde gerade Iron Maiden gespielt. *Number of the Beast*. Nicht schlecht.

Benni und Sascha schritten geradewegs auf das Clubhaus zu, Jessica und ich trabten hinterher. Der Kies knirschte unter meinen Füßen. Jessi gab mir einen Rippenstoß.

„Das ist mal Einer, der eine noch größere Klappe als du hat!" gluckste sie, woraufhin ich wütend schnaubte.

„Das werden wir ja noch sehen, wer hier die größere Klappe hat!" grummelte ich.

Sascha stieß die schwere Eingangstür auf, um direkt hinter der Tür scharf links abzubiegen, und ging ganz selbstverständlich als Erster in den Club.

Benni hielt uns die Tür auf.

„Geradeaus geht es übrigens zum Jugendclub", erklärte er. „Der Motorradclub ist Ü18 und man muss durch die Tür scharf links."

„Aha, also zwei Läden im gleichen Haus!", kommentierte Jessica.

Ich roch schon an der Eingangstür den Geruch von Lederjacken, Whisky und Zigaretten. Die Musik wechselte gerade zu Lynyrd Skynyrd. *Hier könnte es mir gefallen*, dachte ich und grinste.

Als wir in den eigentlichen Motorradclub eintraten, war ich zunächst enttäuscht. Ich hatte mir das Ganze irgendwie größer vorgestellt. Der Motorradclub bestand nur aus einem einzigen Raum mit zwei Stehtischen, einigen wenigen Barhockern und der Bar. Ansonsten gab es nichts. Kein Dart, kein Billard, gar nichts. Es waren ungefähr zwanzig Leute anwesend, aber durch den kleinen Raum hatte man das Gefühl, man wäre in einer gut besuchten Kneipe.

Ich orderte erst mal Baccardi Orange, weil Benni das immer trank. Bescheuert, ich weiß, aber so sehr zum Affen wegen eines Typen macht man sich hoffentlich nur mit 19.

Jessica bestellte sich einen Batida Kirsch. Indessen wurden Sascha und Benni von den anderen mit großem Hallo begrüßt. So hatte ich Gelegenheit,

Benni in Ruhe zu betrachten. Er war keine klassische Schönheit mit seiner markanten Nase, doch ich war einfach hin und weg, wie er so da stand und mit seinen Kumpels lachte. Sein seidiges schwarzes Haar trug er zu einem Pagenschnitt frisiert. Es fiel ihm locker über die Ohren und bildete einen hübschen Kontrast zu seinen blauen Augen. Er war nicht viel größer als ich. Wenn ich Absatzschuhe trug, hatten wir etwa die gleiche Größe.

Erfreut bemerkte ich, dass Jessica und ich fast die einzigen Mädels im Motorradclub waren. Außer uns befand sich nur noch eine kleine Gruppe von drei Frauen im Raum, die alle mindestens 40 zu sein schienen und wie typische Rockerbräute aussahen.

Ich grinste breit und stieß meiner Freundin in die Rippen.

„Mönsch, ist das cool hier!" gluckste ich. „Da sind wir ja voll die Stars!"

Jessi nahm einen tiefen Schluck aus ihrem Glas und nickte.

„Nur schade, dass hier auch typenmäßig nichts Gescheites herumspringt!" Sie seufzte theatralisch.

Wir hatten glücklicherweise einen völlig unterschiedlichen Männergeschmack.

Während ich völlig in Gedanken versunken Benni anhimmelte, bemerkte ich zuerst gar nicht, dass Jessica ihr Glas auf Ex leerte und sofort etwas Härteres bestellte, nämlich Jägermeister-Bull. Oh-oh. Das trank sie eigentlich nur, wenn sie nervös war. Und warum starrte sie so komisch Richtung Eingangstür, die halb offen stand?

Ich strengte mich an, jene Person in mein Blickfeld zu bekommen, die offensichtlich einen großen Eindruck auf meine beste Freundin machte. Erst sah ich nur einen langen Arm, der in einer Motorradjacke steckte, welcher gerade die Tür aufstemmte.

Offensichtlich unterhielt sich der Typ in der Tür gerade mit jemandem, der sich noch außerhalb des Motorradclubs befand. Ah, er kam herein. Wie alle Typen, auf die meine Freundin abfuhr, war er ziemlich groß. Mindestens 1,90 m, schätzte ich. Sehr dünn. Blonde Haare im Surferstyle. Wieder mal absolut nicht mein Fall. Seine Augenfarbe konnte ich im Dämmerlicht nicht ausmachen. Er hatte definitiv ein sympathisches Lachen. Als er sich im Raum umschaute, fiel sein Blick auf uns. Lächelnd steuerte die Bar an.

„Hallo!", rief er fröhlich in unsere Richtung und nickte dem Barkeeper zur Begrüßung zu.

„Ein Hefeweizen, bitte!"

Während der Fremde auf sein bestelltes Getränk wartete, glotzte Jessica ihn an. Ich kicherte und stieß sie an.

„Das ist peinlich", zischte ich ihr zu.

Sie scheuchte mich mit ihrer Hand zur Seite.

„Hi!", hauchte sie dem Typen entgegen.

Er stütze sich mit einem Arm lässig auf der Theke ab und wandte sich uns zu.

„Euch Beide hab ich hier noch nie gesehen. Was für Bikes fahrt ihr?"

„Oh, wir biken gar nicht. Wir sind mit zwei Bekannten hier, die öfter herkommen", bemerkte ich.

Natürlich wollte der Kerl wissen, mit wem wir in den Motorradclub gekommen waren.

Jessi brachte kein Wort heraus, sie nuckelte eifrig an ihrem Jägermeister-Bull.

„Wie wär´s, wenn du dich uns erst mal vorstellst, bevor du uns ausfragst?" gab ich frech zurück.

Er warf den Kopf in den Nacken und lachte.

„Oje, wo sind nur meine Manieren! Ich bin der Carsten!"

„Schon besser! Ich heiße Diana und meine Freundin hier mit dem Jägermeister ist Jessica!"

„HI!", wiederholte Jessi nun etwas lauter als vorhin und strahlte unsere neue Bekanntschaft an.

Unterdessen gesellte sich auch Benni zu uns und lächelte Carsten an. Die Beiden kannten sich offensichtlich.

„Hi Carsten!", begrüßte Benni ihn und schüttelte ihm kumpelhaft die Hand.

„Ach, der Benni! Hast du uns diesen frischen Wind in den Club gebracht?"

Benni lächelte schief, was ich immer besonders süß fand, und antwortete dann:

„Ja, ich dachte mir, dass mal was Jüngeres her muss!"

„Das wird unserer Nathalie aber gar nicht schmecken!" warf Carsten ein. Als wäre es ihr Stichwort gewesen, stolzierte eine dürre Blondine in den Motorradclub. Sie war extrem geschminkt und trug eine Lederhose mit Fransen an den Hosenbeinen,

Bikerstiefel, ein Lederkorsett und eine Lederjacke. Alles in schwarz.

„Armes Fashion Victim, total überstylt!" entfuhr es mir.

„Ha, da ist sie ja!" lachte Carsten.

Jessi und ich tauschten kurz Blicke mit hochgezogenen Augenbrauen aus. *Oh-oh, Konkurrenz*, bedeutete dies. Diese Nathalie sah total gut aus, wie eine jüngere Version der Rocksängerin Doro Pesch. Zwar eindeutig überstylt, aber sie hatte ein bildschönes Gesicht und eine Modelfigur.

Daneben fühlte ich mich gleich wie ein Elefant.

Sie schlenderte durch den Raum und winkte den anderen Anwesenden zu, als sei sie die Queen. Kaugummi kauend stolzierte sie langsam in unsere Richtung.

Zu meinem Entsetzen steuerte sie geradewegs auf Benni zu.

„Naaaa?", sagte sie langsam und gedehnt, während sie einen Arm auf Bennis Schulter ablegte, „Was geht ab?"

Ich verdrehte meine Augen und orderte ein weiteres Jacky-Cola. Das fehlte ja noch, dass diese Ledertussi meinen Schwarm anbaggerte! Carsten kicherte in sich hinein und flüsterte mir ins Ohr:

„Stehst wohl auf den Benni, was?" O Schreck, merkte man das so sehr? Ich verschluckte mich beinahe an meinem Getränk.

„Ach quatsch!" entfuhr es mir etwas zu laut.

Nathalie musterte mich daraufhin, als hätte sie mich eben erst bemerkt.

„Kennst du die?" fragte sie Benni dann.

Er schaute von ihr zu mir und grinste breit.

„Ja, ich bin heute ihr Privatchauffeur! Das ist Diana. Diana, das ist Nathalie. Und ihre Freundin, die Große da, ist Jessica."

„Ist Sascha heute gar nicht da?" Das Mädel zog einen hübschen Schmollmund.

Benni nickte in die Ecke des Motorradclubs, in der sich gerade die meisten Leute aufhielten.

„Such ihn da hinten. In der Gruppe dort muss er irgendwo sein." Nathalie quiekte erfreut und huschte davon.

Puh. Sie stand ganz offensichtlich auf Sascha, nicht auf Benni. Aber was, wenn Benni auf sie abfuhr? Urgs! Ich atmete tief ein. Die süßliche Parfümwolke, die Nathalie hinterlassen hatte, kitzelte in meinem Rachen.

Benni tippte mich von hinten auf die Schulter.

Ich drehte mich zu ihm herum.

Er strahlte.

„Na, was hältst du von unserem Club-Pfau?", wollte er von mir wissen.

Mist! Was sollte ich denn jetzt nur sagen? Dass ich sie für eine eingebildete Kuh ohne Manieren hielt, die es nicht für nötig gehalten hatte, auch nur ein Wort mit mir zu wechseln? Nein. Stattdessen lächelte ich ihn zuckersüß an und säuselte:

„Ach, sie scheint sehr nett zu sein! Und sie sieht hammermäßig gut aus! Nur fürs Styling hat sie leider kein Händchen." Wenn es um Mode ging, konnte ich einfach nicht lügen. Ich schaute mir jede Folge von „Sex and the City" an und verbrachte Stunden damit, mir das perfekte Outfit zusammenzustellen, wenn ich ausging. Einen Fashion-Fauxpas zu leugnen, war für mich ein absolutes No-Go.

Benni lachte.

„Ich find sie heiß!", gab er zu. „Aber so Eine wär nix für mich. Und sie steht hoffnungslos auf Sascha!"

Och nö, er findet sie heiß. Furchtbar!, dachte ich und suchte mit Blicken den Raum nach ihr ab.

Sie stand gerade bei Sascha, der sich zwischenzeitlich eine Zigarette angezündet hatte. Er lehnte mit dem Rücken an einen Stehtisch, auf den er beide Ellbogen stützte. Nathalie schwafelte ihn zu, doch er schaute an ihr vorbei in unsere Richtung. Unsere Blicke trafen sich. Er grinste breit und selbstgefällig.

Idiot! Der sollte sich bloß nichts einbilden! Ich wandte mich ab.

„Die passen auch gut zusammen!", entfuhr es mir, was Benni zum Glück nicht kommentierte. Ich wandte mich dem Barkeeper zu und bestellte noch mal Jacky-Cola. Allmählich spürte ich den Alkohol.

Jessi flüsterte mir ins Ohr, dass ich jetzt mal langsam machen sollte, sonst würde ich eventuell wieder Sachen sagen, die ich hinterher bereue.

Recht hatte sie.

„Na, dir scheint es ja zu schmecken!"

Erschrocken zuckte ich zusammen. Ich hatte überhaupt nicht bemerkt, wie Sascha neben mich getreten war. Ich blickte zu ihm hoch. Er überragte mich um gut einen Kopf.

„Wo hast du denn deinen Fan gelassen?", wollte ich wissen.

Sascha zog genüsslich an seiner Zigarette. Seine Rauchwolke nebelte mich ein und kratzte mir im Hals. Ich hüstelte umständlich.

„Ach, die", brummte er. „Die ist so oberflächlich und dumm!"

O mann. Was hätte ich dafür gegeben, wenn Benni das gesagt hätte.

„Du findest sie also nicht heiß?" Ich konnte es kaum glauben.

Sascha lachte. „Bist wohl eifersüchtig?"

O nein, Hilfe, er hatte mich komplett falsch verstanden.

Ich schüttelte heftig den Kopf.

„Ich hätte nur nicht gedacht, dass es einen Kerl gibt, der nicht völlig fasziniert von ihr ist. Sogar Benni steht auf sie!"

Sascha grinste mich breit an.

„Aha, der Benni. Der steht doch nicht auf solche Püppchen! Und er hätte auch niemals Chancen bei ihr!"

Na toll. Nur, weil er keine Chancen bei ihr hatte. Ich sagte gar nichts, um mich nicht noch mehr zu verraten.

„Trinken wir doch einen zusammen!", schlug ich zur Ablenkung vor. *Ein Jacky mehr macht nun auch nix mehr aus*, dachte ich.

Sascha war einverstanden und bestellte zwei Drinks.

Jessi guckte mich strafend an, doch da sie gerade in ein Gespräch mit ihrem Carsten vertieft war, hatte ich nichts weiter zu befürchten.

Sascha stieß mit mir an und leerte sein Glas beinahe auf Ex.

Nach einem weiteren Schluck aus meinem Glas kam ich mir vor, als würde ich auf einem Watteberg stehen. Der Raum drehte sich einmal um mich herum. Wo steckte eigentlich Benni? Ich blickte suchend umher. Zu meiner großen Erleichterung kam er geradewegs auf mich zugelaufen und strahlte mich an.

„Wo warst du denn?", fragte ich, ermutigt durch den Alkohol.

„Auf dem Klo! Jetzt muss ich mal was Heißes trinken!" Benni orderte einen Kaffee.

Währenddessen stürmte diese Nathalie schon wieder auf uns zu.

„O nein", seufzte ich leise, doch sie hatte glücklicherweise nur Augen für Sascha.

Sie fiel ihm um den Hals und zerrte an seinem Shirt herum, als wolle sie es ihm direkt vom Leib reißen.

„Du musst unbedingt mitkommen, sie machen draußen ein Lagerfeuer!" quietschte sie.

„Der Ronny hat seine Gitarre dabei! Er spielt bestimmt gleich was!"

Sascha zwinkerte mir zu und ließ sich lächelnd von Nathalie in Richtung Ausgangstür zerren.

Benni schaute den Beiden breit grinsend nach.

„Sascha im Glück!" kommentierte er.

„Auf so einen Moment wartet er schon seit Wochen!"

Hä? Also, entweder kennen sich die beiden Männer von flüchtig bis gar nicht, oder Sascha hat mich eiskalt angelogen, fuhr es mir durch den Kopf. Ich zuckte mit den Schultern und trank noch einen Schluck. Ups, schon wieder leer.

Noch bevor ich etwas bestellen konnte, warf mir Jessi einen bösen Blick zu.

„Okay okay, ich trinke einen Maracujasaft!", rief ich ihr zu, obwohl sie mich aufgrund der lauten Musik sicher nicht hören konnte.

Benni hatte inzwischen auch seinen Kaffee erhalten und wir stießen an.

„Gehst du gern schwimmen?" wollte Benni nun von mir wissen.

Ich nickte. „Aber ich bin nicht gerade die beste Schwimmerin."

„O ja!", stimmte Benni ein. „Wenn ich mich im See 50 m rauswagen würde, würde ich glatt absaufen! Ich kann nicht gut schwimmen!"

Ich stellte ihn mir im Wasser vor, paddelnd wie ein Hund. Das brachte mich zum Prusten und dabei spuckte ich unabsichtlich etwas Maracujasaft durch die Gegend. Zum Glück nicht auf meinen Schwarm! Carsten trat von hinten an uns heran und legte je einen Arm um Benni und mich.

„Na, ihr Hübschen, wollt ihr mit rauskommen und Ronnys kleines Privatkonzert anhören? Es gibt auch ein Lagerfeuer dazu!" Ich seufzte. Raus zu dieser widerlichen Nathalie? Na gut. Benni benahm sich gerade überhaupt nicht so, als würde er auf sie stehen, also konnte man das schon machen. Ich wartete Bennis Reaktion ab.

Er schaute mir tief in die Augen.

„Hast du Lust auf Lagerfeuer und Gitarrenmusik? Also, ich ehrlich gesagt schon!" Gegen meinen Willen musste ich breit grinsen.

„Na, und ich erst! Also los!"

Ich schnappte Benni am Arm und zog ihn Richtung Ausgang.

Draußen war es zwischenzeitlich dunkel geworden. Das hoch lodernde Lagerfeuer erhellte den Platz ringsherum in einem flackernden Orange, welches die umstehenden Personen in geisterhaftes Schummerlicht tauchte. Ich suchte die Menge nach Sascha und Nathalie ab, um mich dann in jene Ecke zu stellen, die möglichst weit entfernt von den Beiden lag. Ich konnte nur Sascha entdecken.

Er hatte uns schon gesehen und winkte uns zu sich rüber.

Scheiße. Ich ignorierte ihn und steuerte in die entgegengesetzte Richtung, doch Benni hatte ihn ebenfalls erspäht und hielt mich fest.

„Komm, da drüben ist Sascha! Gehen wir zu ihm!"

Mist! Ich nickte ergeben und trottete hinter Benni her.

Von Nathalie war zum Glück immer noch nichts zu sehen.

Bei Sascha angekommen, begann Benni eine Unterhaltung über Formel 1 Rennen.

Ich hörte nur halbherzig zu, denn Autorennen fand ich stinklangweilig. Lärmende Autos, welche die ganze Zeit im Kreis herumfahren. Wie öde. Ich konnte mir wirklich bessere Möglichkeiten vorstellen, sich die Zeit zu vertreiben.

Benni und Sascha hingegen schienen echte Fans zu sein. Sie redeten dauernd über „Villeneuve" und „Schumi". Augenscheinlich trafen sie sich regelmäßig in einer Kneipe, um sich die Rennen anzusehen.

Mit funkelnden Augen wirbelte Benni zu mir herum. Er strahlte wie ein kleiner Junge.

„Das wär´s überhaupt!", sagte er aufgeregt.

„Wenn du mal mitkommen würdest, um mit uns ein Rennen anzusehen! Wir gucken die immer im *Schlupfwinkel* in Reutlingen an!"

Ich überlegte nur kurz. Langweiliges Rennen – niemals wäre es aber ein langweiliges Rennen, wenn Benni währenddessen dicht neben mir sitzen würde! Aber sicher doch! Also antwortete ich:

„Ja, gern. Ich weiß halt nicht, wo der *Schlupfwinkel* ist."

Sascha warf mir einen skeptischen Blick zu.

„Interessierst du dich überhaupt für Autorennen?", fragte er scharf. Hatte er mir mein Desinteresse etwa angesehen? Wieso mischte er sich überhaupt ein? Betreten blickte ich zu Boden.

„Nein", gab ich wahrheitsgemäß zurück.

Damit war das Thema leider vom Tisch. Benni sagte nichts mehr dazu.

Ich traute mich nicht, nach dem Standort der Kneipe zu fragen, da klar gewesen wäre, dass ich nur wegen Benni mitgehen würde. Außerdem fürchtete ich Saschas blöde Sprüche. Ich funkelte ihn böse an.

So ein Idiot! Der macht mir noch alles kaputt!, dachte ich wütend.

Er hielt meinem Blick stand, lachte dann laut auf und ging langsam und geschmeidig zur Eingangstür des Motorradclubs.

„Lauscht ihr dem Ronny, ich hol mir mal ein Bier!" verkündete er.

Dieser Ronny war ein richtiger Rocker mit langen Haaren, Bandana und Tätowierungen an den Oberarmen. Er hatte auf einem umgesägten Baumstamm Platz genommen und verwendete einige Zeit darauf, seine Gitarre zu stimmen. Bald darauf erklangen die ersten Akkorde von *Achy breaky Heart*.

Benni und ich wippten im Takt dazu und klatschten mit. Ich fühlte mich großartig.

Vom Lagerfeuer flogen ein paar Funken nach oben in den Abendhimmel.

„Der spielt echt gut!", bemerkte ich fröhlich.

Benni nickte. Er sah mir wieder tief in die Augen und lächelte. Trotz der Hitze des Lagerfeuers bekam ich eine Gänsehaut.

Ich genoss die Schmetterlinge in meinem Bauch und lauschte den Gitarrenklängen sowie Ronnies rauchiger Stimme.

Leider nahm mich der Moment so gefangen, dass ich nicht mitbekam, wie wir argwöhnisch von einer Blondine beobachtet wurden, die verflixte Ähnlichkeit mit Doro Pesch hatte. Als ich sie im Anmarsch entdeckte, war es leider zu spät, um Benni wegzuzerren.

Wie ein Raubtier auf der Jagd lief sie zielstrebig auf uns zu. Sie ignorierte mich völlig und nahm Benni von hinten in die Arme.

„Benni! Du Süßer!", gurrte sie dabei. „Du redest ja heute so gut wie gar nicht mit mir!"

„Ja … äh … nein … ich … muss mich doch um meine Begleitung kümmern!" Hilfesuchend starrte er mich an.

Ich wusste gar nicht, wo ich hingucken sollte.

Nathalie verstärkte ihren Klammergriff noch.

Ich hätte ihr am Liebsten die Arme abgehackt.

„Der Samstag letzte Woche war der Hammer! Du warst sooo gut."

Mir fielen fast die Ohren ab. WAS hatte dieses kleine Biest da gerade gesagt? Und sollte es das bedeuten, von dem ich dachte, dass es das bedeuten sollte???

Benni guckte mindestens genauso blöd aus der Wäsche wie ich.

„Gut bei was?", fragte er.

„Oooh, erinnerst du dich nicht mehr? Ja, du warst arg betrunken… aber ich weiß es dafür noch umso besser!" Sie drehte ihn zu sich herum und gab ihm einen festen Kuss auf den Mund.

Ich musste mich schwer beherrschen, um nicht davonzulaufen.

Endlich ließ sie ihn los und grinste mich triumphierend an.

Ich nahm all meine schauspielerische Kunst zusammen und grinste zurück. Leider fiel mir trotz meiner großen Klappe überhaupt kein cooler Spruch zu dieser Situation ein. Scheiß-Gefühle! Nach einer halben Ewigkeit rauschte Miss „Kam, Sah und Siegte" davon.

„Was ging da nur ab? Ich weiß gar nichts mehr!" brabbelte Benni vor sich hin und strahlte mich an.

„Ist schon geil, oder? Wie findest DU das?"

Ich war entsetzt. Es fühlte sich an, als würde mir der Boden unter den Füßen weggezogen. Wieder nahm ich meine ganze Beherrschung zusammen.

„Jaja, ist geil, stimmt schon", nuschelte ich.

Ronny spielte gerade *Thank God I´m a Countryboy*.

Zum Glück keine Schnulze! Auf einmal konnte ich den Drang, wegzulaufen, nicht mehr unterdrücken. Ohne ein Wort zu sagen, ging ich einfach los. Ich lief zum Parkplatz, blieb dann in der dunklen Nacht stehen und schaute in den samtschwarzen Himmel. Die kühle Luft fraß sich durch meine dünne Lackjacke. Ich fröstelte.

Benni folgte mir sofort und stellte sich wortlos neben mich.

Wütend machte ich auf dem Absatz kehrt und stürmte zum einzigen Ort, an den er mir nicht folgen konnte: Das Damen-WC.

Dort schlug ich gegen die Wand und grummelte wütend. Die Toilettentür flog kurze Zeit später auf. Ich befürchtete im ersten Moment, dass Benni alle Regeln vergaß und mich sogar aufs Mädchenklo verfolgte, doch es war zu meiner großen Freude meine beste Freundin. Sie starrte mich an, als wäre sie Zeugin einer UFO-Landung geworden.

„Was ist denn mit euch los?", fragte sie unvermittelt. „Erst rennst du im Zickzack auf dem Parkplatz herum, Benni hinterher, dann versteckst du dich aufm Klo und der arme Benni verkriecht sich im Motorradclub, obwohl alle anderen draußen sind und Ronnys Konzert verfolgen!"

Ich erzählte ihr in Kurzform, was passiert war.

„Er will eindeutig was von Nathalie und ich hab keinen Bock, seine Beziehungsberaterin zu spielen!", beendete ich wütend meine Erzählung.

Jess schüttelte den Kopf.

„Also ehrlich, Mini…" – sie sprach das Wort Mini langsam, gedehnt und mit starker Betonung aus – „Wo hast du nur wieder deinen Kopf? Ich weiß zwar auch nicht, welchen Bockmist Benni im Suff fabriziert hat, aber eins weiß ich: Wenn er was von Nathalie wollen würde, dann würde er jetzt IHR hinterher rennen und nicht DIR!"

„Vielleicht will er nur höflich sein, weil ich in seiner Begleitung hier bin und fast niemanden kenne?", gab ich kleinlaut zu bedenken.

„Ach quatsch!", entgegnete Jessica resolut.

„Das glaubst du ja wohl selbst nicht! Er wollte sicher nur deine Reaktion austesten! Komm, wir gehen jetzt zu ihm!"

Sie schnappte meine Hand und zog mich Richtung Clubraum.

Benni saß ganz allein dort und hatte seinen Kopf auf die Hände gestützt.

Langsam und vorsichtig näherte ich mich ihm und tippte ihn von hinten an, so wie er es sonst bei mir immer tat.

Er linste kurz über die Schulter, drehte sich dann ruckartig ganz zu mir um und strahlte mich an.

„Da bist du ja wieder!", freute er sich.

„Was war denn los?"

Jessica nahm mir die Mühe, mir eine Ausrede auszudenken, ab und antwortete an meiner Stelle:

„Ach, ihr ist nur schlecht vom vielen Jack Daniel´s."

„Oh! Dann ist es besser, wenn wir so langsam mal nach Hause gehen, oder?" schlug Benni vor.

Darauf gab Jessica „Das ist eine äußerst gute Idee!" zurück.

Sascha stand draußen am Lagerfeuer. Es schien ihm überhaupt nichts auszumachen, dass Benni schon gehen wollte, obwohl es erst halb eins war und Ronny immer noch herumklimperte. Zugegeben, der verstand etwas von guter Musik.

Ich spielte derweil meine Rolle als übermäßig betrunkenes Mädel überzeugend. Sogar Adlerauge Sascha fiel darauf herein, als Jessica mich stützte und ich zu Bennis rotem VW Golf schwankte.

„Übertreib nicht so! Ich kann dich ja kaum halten!", zischte mir Jess ins Ohr, so dass nur ich sie hören konnte.

Ich kicherte.

„Ja ja, lach nur über dich, mein Jacky-Girl!", sagte Jessica extra laut, worauf ich noch mehr lachen musste.

Auf der Heimfahrt lehnten Jessica und ich uns aneinander und taten so, als ob wir schliefen.

Sascha und Benni unterhielten sich vorne im Wagen leise miteinander. Einiges konnte ich trotz angestrengtem Lauschen nicht verstehen, aber das meiste davon bekam ich mit.

„Ich glaub, bei der ... hab ich Chancen!", raunte Benni gerade Sascha zu. „Die hätte bei mir ja schon Chancen! Findest du, sie passt zu mir?"

Sascha lachte laut auf. „Nein, das finde ich ganz und gar nicht! Die passt doch viel besser zu MIR!"

Eindeutig, sie unterhielten sich über Nathalie. Das war die Höhe! Ich wäre am Liebsten aus dem fahrenden Auto gesprungen. Wie konnte er mir das nur antun! Ich tat weiterhin so, als würde ich schlafen, doch ich zwickte mit der rechten Hand ganz fest in den Rücksitz und hoffte, das Polster herausreißen zu können. Konnte ich natürlich nicht.

Nun redeten die Beiden wieder über unverfängliche Themen.

Ich öffnete meine Augen und blickte meine scheinbar schlafende Freundin an.

Sie lächelte selig. Für sie war der Abend ein voller Erfolg gewesen. Ich stupste sie leicht an.

„Jess", flüsterte ich, woraufhin sie die Augen aufschlug. „Möchtest du heute bei mir pennen? Bitte! Muss dringend mit dir reden!"

„Hmmm, hab doch gar nix dabei", brummte sie.

„Kannst was von mir haben!"

„Haha, ja klar, ich großes Mädchen quetsch mich in eins deiner winzigen Satin-Nachtkleidchen!"

„Ich hab auch T-Shirts!"

Jessica überlegte und seufzte.

„Ich treffe mich morgen mit Carsten", verkündete sie. „Da möchte ich gern frisch und ausgeschlafen sein. Sei mir bitte nicht böse!" Nach einer kurzen Pause fügte sie noch hinzu: „Ich ruf dich nachher an, ok?"

Das war auch in Ordnung. Ich hätte die Nacht dennoch lieber nicht alleine verbracht.

Ich fühlte mich, als würde ich in einem tiefen, schwarzen Loch versinken, während ich aus dem Fenster in die Nacht hinausstarrte. Das fröhliche Geplauder um mich herum bekam ich nur wie durch Watte mit. Die drei vereinbarten, dass sie Jessica als Erstes nach Hause bringen wollten, und fuhren daher zuerst nach Kirchentellinsfurt.

In der Bahnhofstraße angekommen, stoppte Benni sein Fahrzeug und ließ Jessica aussteigen.

„Tschüß, Jessica!", rief er fröhlich. „Mensch, bist du riesig!"

Neben meiner großen Freundin wirkte der ca. 1,72 m kleine Benni winzig wie ein Zwerg.

Sie knuffte ihn freundschaftlich in die Seite. „Tja, wer hat, der hat!", gab sie zurück.

Kaum zu glauben, dass sie früher mal unter ihrer Größe gelitten hatte. Mittlerweile war sie richtig stolz darauf.

Sie winkte mir zu und Sascha machte eine Nickbewegung anstatt eines Abschiedsgrußes.

„Ruf mich an!!!", brüllte ich ihr hinterher.

Sie wedelte beim Weglaufen mit der Hand, wie um eine Fliege zu verscheuchen, und nickte.

Die restliche Autofahrt verbrachten wir in eisigem Schweigen. Vielleicht kam es auch nur mir eisig vor.

Sascha drehte sich immer mal wieder zu mir um.

„Nicht kotzen, Prinzesschen!", warnte er.

Ich schüttelte wortlos den Kopf und war froh, dass die Beiden dachten, mir wäre ernsthaft schlecht vom Alkohol. So musste ich keine blöden Erklärungen abgeben.

„Der geht es wirklich total übel", wisperte Benni Sascha zu. „Die Arme!"

Ich verdrehte die Augen.

Als Benni vor meiner Wohnung hielt, war ich kurz vorm Explodieren. Er stieg aus und öffnete mir die Tür.

„Alles in Ordnung?", wollte er wissen.

Ich funkelte ihn nur böse an.

„Hm." Er kratzte sich am Hinterkopf und ließ mich nicht vorbei.

„Sehen wir uns nächste Woche wieder im *Absolut*?", fragte er leise.

„Nein, nie wieder! Ich geh da nicht mehr hin! Und DU kannst mich ja so was von am Arsch lecken!!!", motzte ich und stiefelte davon.

In Windeseile schloss ich die Haustür auf und stürzte ins Haus hinein. Als ich verstohlen durch den Briefkastenschlitz nach draußen blickte, sah ich Benni immer noch mit offenem Mund im Hof stehen und auf die Haustür starren.

Schnell stürmte ich die Treppe zu meiner Wohnung hinauf und heulte dann ungebremst los.

Drin klingelte bereits das Telefon.

„Jessica?", schluchzte ich in den Hörer.

Kurz herrschte Stille in der Leitung, dann war heftiges Gekicher zu vernehmen.

„Du musst echt total besoffen sein, nach so einer Ankündigung zu heulen!", brachte meine beste Freundin trotz heftigen Lachkrämpfen hervor.

„Ankündigung? Du hast wohl nicht die Unterhaltung zwischen Benni und Sascha gehört, sonst würdest du so was nicht sagen!", empörte ich mich.

„Doch, fast Wort für Wort. Den Mittelteil hab ich nicht genau verstanden, aber es war ja wohl offensichtlich, dass es darum ging, dass beide total auf ein gewisses Mädel abfahren!"

Ich seufzte. „Und da soll ich nicht traurig sein?"

Jessica gluckste. „Benni hat ja sogar den Namen gesagt!"

„Ja ja, das war das Einzige, das ich nicht verstanden habe, aber es war doch eindeutig, dass es um diese Doro-Pesch-Kopie Nathalie ging!"

Pause. Dann hysterisches Gegacker.

„Mini, Mini, Mini!", presste Jessica hervor. „Ich habe den Namen klar und deutlich verstanden. Benni sagte nicht Nathalie, sondern Diana!"

Kapitel 2

Leider sah ich Benni nach diesem Vorfall wochenlang nicht mehr. Seit dem verunglückten Abend im Motorradclub waren er und Sascha nicht mehr im *Absolut* aufgetaucht. Klar – die mussten jetzt sonst was von mir denken. Ich hatte leider nicht den Mut, Benni anzurufen oder gar im Motorradclub aufzukreuzen.

Während ich zu Hause auf dem Sofa lag, ließ ich meine allererste Begegnung mit Benni Revue passieren. Es war vergangenen Januar gewesen. Ich hatte mich ausnahmsweise allein in die Discothek *Absolut* begeben, weil Jess mir kurzfristig abgesagt hatte. Als ich gelangweilt am Tresen saß, war mir aufgefallen, dass mich ein junger Mann musterte, der schräg gegenüber von mir saß.

An diesem Abend hatte ich absolut keine Lust auf neue Bekanntschaften gehabt, doch Bennis blaue Augen hatten mich vom ersten Augenblick an gefesselt. Nachdem ich seinen Blickkontakt für einige Zeit erwidert hatte, war er auf mich zugekommen und hatte sich schüchtern vorgestellt. Ganz schnörkellos, ohne blöde Anmachsprüche. Das hatte mir imponiert.

Das penetrante Klingeln meines Telefons riss mich aus meinen Tagträumereien. Es war meine Mutter, was mich ziemlich überraschte. Sie meldete sich äußerst selten bei mir, da sie mit ihrem eigenen Leben mehr als genug beschäftigt war. Meine

Mutter war leider restlos in den Sechzigern hängen geblieben und plädierte für die freie Liebe. Klar, dass die Ehe meiner Eltern so nicht lange halten konnte. Mein Vater war der Meinung, dass sie keinen guten Einfluß auf mich ausübte. Daher hatte er mich in meinem Entschluß, eine eigene Wohnung zu beziehen, großzügig unterstützt.

„Hallo, Honeyblossom!", hauchte meine Mutter, woraufhin ich erst mal gar nichts sagte. „Wie geht es dir?"

„Hi Mum, mir geht's ganz gut!"

Ich strich mir eine widerspenstige Locke aus der Stirn, die sofort wieder zurückfiel. Ärgerlich pustete ich dagegen, um sie von den Augen wegzubekommen.

„Kiffst du gerade?" Die Stimme meiner Mutter bekam einen euphorischen Klang. Sie hatte schon mehrfach versucht, mir einen Joint anzudrehen. Ihrer Meinung nach mache das den Kopf frei.

Ich seufzte tief.

„Nein, Mutter, ich kämpfe nur mit den Drähten auf meinem Kopf! Ich mache mir nichts aus Marihuana, das weißt du doch!"

Meine kleine Tirade brachte sie offensichtlich aus dem Konzept. Für einige Zeit herrschte Stille am Telefon.

„Mom, bist du noch dran?" Ich klopfte mit dem Handrücken gegen die Sprechmuschel meines Telefonhörers.

„Weißt du, Liebes, ich habe jetzt richtig Lust bekommen, ordentlich einen durchzuziehen. Ich stelle gerade fest, dass ich es nicht auf die Reihe bekomme, gleichzeitig zu telefonieren und einen Joint zu drehen. Wir müssen uns ein anderes Mal unterhalten. Machs gut!"

Ich legte den Hörer auf, ohne etwas zu erwidern. Sie hatte noch nicht einmal gesagt, was sie eigentlich von mir wollte. Wahrscheinlich wusste sie es selbst nicht.

Keine fünf Minuten später meldete sich mein Telefon erneut. Lustlos nahm ich den Telefonhörer ab in Erwartung, irgendwelche Halluzinationen meiner Mutter über mich ergehen lassen zu müssen. Doch es war Jessica, was mich sehr freute.

„Geht es dir gut?", fragte sie mich in einem Tonfall, in dem normalerweise eine besorgte Mutter ihr krankes Kind zu fragen pflegt.

„Joaaaah", gab ich gedehnt zurück. Ich lümmelte nach wie vor in meiner vergammelten Jeanshose auf dem Sofa herum, in der mit dem fetten Loch am linken Knie. In einer Hand hielt ich die Chipstüte, in der anderen eine Bierflasche. Den Telefonhörer hatte ich mir unters Ohr geklemmt. Aber das musste meine Freundin ja nicht wissen.

„Pass auf, Süße, Carsten und ich wollen heut Abend was auf die Beine stellen. Wir möchten dich gern mitnehmen. Nur um sicher zu gehen, dass du in deiner Bude keine Wurzeln schlägst! Was meinst du? In einer Stunde bei dir?"

Offensichtlich benahm ich mich ziemlich besorgniserregend, denn dass meine beste Freundin mich zu einem Date mitnehmen wollte, war mehr als ungewöhnlich. Ich musste grinsen.

„Na, wenn du mich so fragst … wird wohl höchste Zeit, mal wieder ein bisschen Frischluft zu schnuppern!" gab ich zurück. Besondere Lust hatte ich zwar nicht, aber es konnte ja nicht schaden, mal wieder unter Leute zu kommen.

Wir beendeten das Telefonat.

Ich stellte mich unter die Dusche und schlüpfte in ein luftiges schwarz-weißes Sommerkleid. Dazu zog ich meine Riemchenpumps an und band meine Haare zu einem Pferdeschwanz. Ich war kaum mit dem Schminken fertig, da klingelte es schon an der Haustür.

„Hey, du siehst ja richtig gut aus!", bemerkte meine beste Freundin. „Ich dachte schon, du würdest dich im Alk baden und hättest Augenringe wie meine Großmutter!"

Ich lächelte schwach. Jessica kannte mich bei Liebeskummer eben. Wie gut, dass mein neuer Abdeckstift so gut gegen Augenringe half!

Carsten stand hinter ihr und brummte gutmütig: „Wir werden dich jetzt entführen. Mission: Spaß ohne Ende!"

Er war wirklich ein Schatz.

Ich trabte erwartungsvoll zu seinem weißen Passat und pflanzte mich auf die Rückbank. Die Beiden nahmen vorne Platz.

Jessi drehte sich zu mir um.

„Ich hoffe, es ist ok, dass ein Kumpel von Carsten mitkommt?", fragte sie vorsichtig.

Ich zog meine Augenbrauen hoch und wollte schon einen giftigen Anti-Verkuppelungs-Kommentar loslassen, da kam mir Carsten zuvor:

„Ich möchte nicht das fünfte Rad am Wagen sein, wenn ihr eure Mädelsgespräche führt! Basti ist sozusagen mein Animateur heute Abend!"

Das besänftigte mich etwas, doch da Jessica erleichtert aufseufzte, befürchtete ich noch immer eine Verkupplungsattacke. Ich lächelte beide an und schaute aus dem Fenster, während Carsten den Wagen startete. Ein schmalziges Liebeslied von *Eros Ramazotti* erklang.

Ich rollte mit den Augen.

„Wohin genau wollt ihr mich entführen?", fragte ich, um die Musik zu unterbrechen.

Carsten grinste. „Basti wartet im *Neckarmüller*! Anschließend wollen wir vielleicht noch ein bisschen in die Disco. Was hältst du vom Treffpunkt in Balingen?"

„Au ja, da war ich schon ewig nicht mehr!", freute ich mich.

Jessi stimmte zu: „So eine große Disco ist jetzt genau das Richtige."

Beim *Neckarmüller* handelte es sich um einen großen, schönen Biergarten in Tübingen direkt am Ufer des Flusses Neckar. Ich begann, mich richtig auf den gemeinsamen Abend zu freuen. Carsten hatte es geschafft, einen Parkplatz ganz in der Nähe des Biergartens zu erhaschen, was an einem Samstagabend gar nicht so einfach war. Dort steuerten wir einen am Ufer gelegenen Biertisch an und nahmen Platz.

Carsten erhob sich jedoch gleich wieder.

„Ich schau mal nach Basti!", sagte er.

Kaum befand er sich außer Hörweite, gab mir Jessica ein kurzes Update. Sie und Carsten hatten sich zwischenzeitlich mehrmals getroffen. Sie näherten sich langsam einander an, was sich nicht leicht gestaltete, denn Carsten hatte eine langjährige Beziehung hinter sich, die erst vor kurzem gescheitert war. Er wollte nicht sofort in die nächste Beziehung schlittern.

„Was soll ich bloß machen, damit es bei uns endlich richtig klappt?"

Jessicas Verzweiflung war fast mit Händen greifbar.

Ich grinste.

„Wie jetzt – habt ihr euch noch nicht mal geküsst?", kicherte ich.

Jess schüttelte den Kopf. „Nee. Ich hab dir doch erzählt, dass er alles langsam angehen lassen möchte. Vielleicht will er mich auch nur so als eine Art Selbstbewusstsein-Aufbau-Frau."

„Carsten? Nie im Leben!!! Da ist der doch überhaupt nicht der Typ dafür!"

Ich war ehrlich entsetzt. Carsten machte so einen freundlichen, fürsorglichen Eindruck und er schien sehr einfühlsam zu sein. Ich konnte mir beim besten Willen nicht vorstellen, dass er sich nur in Jessicas Zuneigung sonnen wollte, um danach wieder weiter zu ziehen.

Ich schaute mich ein bisschen um. Ein paar Studenten schipperten mit einem Stocherkahn auf dem Neckar herum und hatten einen offensichtlich ziemlich ungeübten Stocherer an Bord. Er schwankte wie ein Schilfrohr im Wind auf seinem

Stehplatz und der Kahn vollführte merkwürdige Schlangenlinien.

Jessi folgte meinem Blick und begann augenblicklich, zu gackern.

„Na, der Gondolière hat wohl schon ganz schön getankt!", giggelte sie.

Ich nickte heftig und lachte ebenfalls.

Carsten kam gemeinsam mit Basti an unseren Tisch. Basti war groß, schlank und hatte einen südländischen Teint, zu welchem seine blonde Popperfrisur unpassend wirkte. Seine braunen Augen funkelten schelmisch, als er mich breit angrinste.

„Hi! Ich bin der Basti!", stellte er sich gleich vor. Er streckte mir die Hand hin, die ich höflich schüttelte.

„Hey! Ich bin die Diana!"

„Hi Jessi, wir kennen uns ja schon!" Basti ließ sich Carsten gegenüber neben mir auf die Bierbank plumpsen.

„Was sind eure Pläne für heute Abend?", wollte er direkt wissen.

Ich zuckte nur mit den Schultern und schaute aufs Wasser.

„Ich selber hab nicht wirklich Pläne, aber die Beiden möchten in den Treffpunkt, und da sag ich nicht Nein!", informierte ich ihn.

Basti lachte.

„Oh ja, da ist es richtig cool!", freute er sich.

Wir plauderten ein Weilchen und ich beobachtete immer wieder den schwankenden Kahn. Fehlte nur noch, dass der Stocherer ins Wasser fiel. Ich stellte mir Benni beim Stocherkahn-Fahren vor, was jedoch keine gute Idee war, denn der Gedanke an Benni machte mich wieder traurig.

„Ich hätte Lust, endlich mal Richtung Treffpunkt aufzubrechen!", warf ich mitten ins angeregte Gespräch der anderen ein.

Jessi besaß zum Glück genug Einfühlsamkeit, um mir zur Seite zu springen.

„Richtig so, herumsitzen können wir auch noch mit 40!", bekräftigte sie.

Sie nahm mich in den Arm und stupste danach Carsten an.

„Wollen wir dann mal los?"

Er nickte und winkte der Bedienung lässig zu, die auch sofort eifrig an unseren Tisch eilte.

Sie himmelte Carsten sowieso schon die ganze Zeit über an. War mir ein Rätsel, was die alle an Carsten fanden. Er war zwar nicht hässlich, aber so furchtbar dürr! Absolut nicht mein Typ.

Jessica hingegen bemerkte es nicht mal, dass die Bedienung ihren Carsten vergötterte. Eifersüchtig konnte man sie definitiv nicht nennen. Entweder hatte sie ein gigantisches Selbstbewusstsein oder sie bemerkte es wirklich nicht, wenn jemand auf ihren Freund abfuhr. Auch in diesem Punkt war ich das genaue Gegenteil meiner besten Freundin.

Carsten übernahm großzügigerweise die Zeche für uns alle.

Ich war so in Gedanken versunken, dass ich beinahe vergaß, mich zu bedanken. Meine beste Freundin versetzte mir einen kräftigen Rippenstoß, so dass ich meine Manieren wieder fand.

Nach einer kurzweiligen Autofahrt erreichten wir den Treffpunkt. Da wir so früh dran waren, mussten wir nicht anstehen.

Basti erwies sich als amüsanter Begleiter. Er erzählte mir Witze und zeigte sich auch ansonsten recht aufmerksam, doch je mehr bunte Cocktails ich in mich hineinleerte, desto einsilbiger wurde ich.

Ich hatte doch eigentlich gar keinen Bock drauf, dermaßen zugetextet zu werden! Am Liebsten hätte ich in meinen Cocktail geweint und von Benni geträumt.

Na gut, nicht gerade IN den Cocktail, aber nach Weinen war mir spätestens dann zumute, als der DJ *I believe I can fly* von *R Kelly* auflegte. Das war eines der Lieder auf meiner selbst ernannten Blueskassette, die ich mir immer in meinen Walkman legte, wenn ich mit dem Bus zur Arbeit fuhr und meinen Tagträumen über Benni nachhing.

Welche Ironie, dass ausgerechnet dieses Lied nun in einem Moment lief, in dem mir nicht nur ein Typ gegenüber saß, der optisch das genaue Gegenteil von Benni war, sondern auch noch dermaßen ungeklärte Verhältnisse zwischen ihm und mir standen!

Ich zupfte am Oberteil meiner besten Freundin herum wie ein nölendes Kleinkind.

Jessica, die gerade mal wieder glockenhell lachte und sich bestens mit Carsten zu amüsieren schien, wendete sich mir zu.

„Was ist denn los?" Sie wartete keine Antwort ab, denn nachdem sie mir ins Gesicht gesehen hatte, zählte sie zwei und zwei zusammen.

„Oh, natürlich! Es läuft R Kelly! Scheiße!", kommentierte sie.

Basti packte Carsten an der Schulter.

„Wie wäre es mit einem Ortswechsel?", schlug er einfühlsam vor. Gut gelaunt wandte er sich daraufhin gleich wieder an mich: „Magst du RTL Samstagnacht?"

Sofort hellte sich mein Gesicht auf. Und ob! Das war eine der wenigen Comedyshows, die ich wirklich gern anschaute, auch wenn ich nur selten in den Genuß kam. Samstagabends um 22.50 Uhr war ich normalerweise beim Abtanzen.

„Wie spät haben wir es? Carsten, hast du eine Uhr?", wollte Basti wissen, woraufhin ich auf meine Armbanduhr blickte, die bereits 22.35 Uhr anzeigte.

„Vergiß es. Das schaffen wir nie im Leben rechtzeitig zu RTL Samstagnacht", unkte ich unglücklich.

Basti nahm mich freundschaftlich in den Arm.

„Ach was, das bekommen wir locker hin! Was meinst du, Carsten?"

Bastis fröhliche Art brachte mich recht schnell wieder besser drauf. Wir fuhren zu meiner Wohnung, wo wir es tatsächlich mit nur fünfminütiger Verspätung zur Comedyshow schafften. Dort ließen wir gemeinsam den Abend ausklingen.

Kapitel 3

Dass ich es ausgerechnet Sascha zu verdanken haben würde, mit Benni wieder ins Reine zu kommen, hätte ich mir im Leben nicht träumen lassen, aber erstens kommt es anders und zweitens als man denkt.

Da Jessica und Carsten immer öfter miteinander ausgingen und meine Freundin daher nicht mehr so viel Zeit hatte, ging ich an einem sonnigen Samstagnachmittag alleine einer spontanen Shopping-Laune nach. Keine Boutique in Reutlingen entging meinem Kaufrausch. Voll bepackt mit Einkaufstüten, ließ ich mich erschöpft auf einen Stuhl vor dem Alexandre fallen, einem netten Bistro am Marktplatz, wo man auch draußen sitzen konnte.

Ich hatte gerade meinen Cappuccino erhalten, als der Schatten einer großen Person auf mich fiel. Ich lüpfte meine Sonnenbrille und schaute mit einem Blinzeln nach oben. Vor mir stand tatsächlich Bennis bester Kumpel Sascha und grinste mich breit an.

„Na, so ein Zufall!", lachte er. „Bist du aus deinem Delirium wieder erwacht?"

Ich checkte erst mal gar nichts.

„Delirium …?"

„Na, so wie du neulich den armen Benni angeschnauzt hast, musst du doch stockvoll gewesen sein. Und da du seither nicht mehr im Motorradclub aufgetaucht bist, bin ich davon ausgegangen, dass du im Delirium liegst, so einfach ist das."

Ich schaute suchend umher, denn ich wagte es nicht, zu fragen, ob Benni auch in der Stadt war.

Leider durchschaute Sascha mich sofort.

„Haha, Benni ist nicht dabei, brauchst ihn gar nicht zu suchen!", gröhlte er.

Ich wurde langsam sauer.

„Was du nur immer mit Benni hast! Bist du sein schwuler Leibwächter?", knurrte ich Sascha an, woraufhin er abwehrend die Arme hob.

„Ohoho! Beiß mich nur nicht gleich!" Er schaute mich ernst an, beugte sich zu mir herab und nahm mit seiner Hand lässig mein Kinn.

„Immer nur Benni. Was du an dem findest! Der sieht doch scheiße aus und passt überhaupt nicht zu dir! Du brauchst nen richtigen Kerl!", platzte es aus ihm heraus.

Ungefähr einen Herzschlag lang sahen wir uns in die Augen, dann stieß ich wütend seine Hand weg.

„Du hast ja keine Ahnung!", zischte ich und zog meine Sonnenbrille wieder vor die Augen.

Sascha musterte mich kurz und wandte sich dann zum Gehen.

„Na dann, aufregende Diana. Heute Abend treffen sich übrigens alle im Motorradclub, um die Wochenendausfahrt zu besprechen. Wenn du Interesse hast, übernächstes Wochenende mitzufahren, solltest du später im Clubhaus vorbeikommen. Könnte schon ganz spaßig werden, wir fahren in eine einsame Hütte im Wald …" Mit diesen Worten ließ er mich allein.

Prompt verbrannte ich mir die Zunge beim Versuch, meinen Cappuccino so schnell wie möglich herunterzustürzen. Ich konnte es kaum erwarten, die Tasse zu leeren und nach Hause zu eilen. Ich hatte immerhin ein überaus wichtiges Telefonat zu führen und eine noch viel wichtigere Entscheidung bezüglich meines abendlichen Outfits zu treffen!

Jessica lachte herzlich am Telefon, als ich ihr von meiner Begegnung mit Sascha erzählte.

„Süße, dein Leben ist wirklich filmreif. Was dir immer passiert!", prustete sie los, als ich ihr wortreich schilderte, was für ein arroganter Affe Sascha war und wie viel er sich auf sein zugegebenermaßen sehr gutes Aussehen einbildete.

„Darf ich heute Abend auf dich zählen, auch wenn dein Leben zur Zeit nur noch aus Carsten zu bestehen scheint?", hakte ich bissig nach, was Jessi mit einem kurzen Schweigen quittierte.

„Jaaa klar, was denkst du denn!", brachte sie nach einer Weile hervor und ich atmete erleichtert auf.

Ich hätte mich nie im Leben allein in den Motorradclub getraut.

„Fährst du?", fragte sie, was mich echt erschreckte. Nüchtern in den Motorradclub? Nach dem ganzen Müll vom letzten Mal? Das konnte wohl nicht ihr Ernst sein …

„Du entgegnest nichts? Fein, dann ist alles klar! Holst du mich um halb acht ab? Suuuper!", flötete sie und legte dann einfach auf, bevor ich irgendetwas dazu sagen konnte.

Ich war baff. Bei näherer Überlegung schien es allerdings gar nicht das Verkehrteste zu sein, wenn ich nüchtern einlaufen würde. So konnte ich schon nicht unangenehm ausflippen. Na ja, zumindest verringerte es das Risiko.

Glücklicherweise hatte ich mir bei meinem Shopping-Trip in der Stadt eine hübsche Lederjacke gekauft, mit der ich mich im Motorradclub ohne weiteres sehen lassen konnte. Meine Haare trug ich offen und lockig. Ich hatte ein schwarzes Longshirt angezogen, auf dem mit Glitzerbuchstaben „Foxy Lady" stand, dazu eine knallenge Röhrenjeans in Blue Denim.

Jessi staunte nicht schlecht, als sie aus der Haustür trat.

„Heyyy Rockerbraut!", begrüßte sie mich strahlend und kam gleich mit zu meinem Auto gelaufen.

„Carsten fährt später mit seinem Bike zum Club. Hoffentlich bist du nicht böse, dass ich dann noch mit ihm weiterziehe!"

Ich schüttelte den Kopf. Natürlich gönnte ich es meiner besten Freundin, dass es mit Carsten so gut lief.

Trotz Anwesenheit meiner besten Freundin hatte ich einen Kloß im Hals und fragte mich, wie es nun zwecks Benni weitergehen sollte. Wir kletterten erst mal in meinen alten, lilafarbenen Ford Fiesta und fuhren los Richtung Mähringen.

„Puh, bin ich nervös!", gestand ich, als ich etwas ungelenk um eine Kurve fuhr und meine Lieblingskassette in den Rekorder legte.

Darauf befanden sich recht alte Lieder, wie *The colour of my dreams* von *BG the Prince of Rap*. Sowas war vier Jahre zuvor in gewesen, aber mir gefiel es immer noch.

„Seid ihr jetzt eigentlich fest zusammen, Carsten und du?", löcherte ich Jessica, woraufhin sie mit den Schultern zuckte.

„Wenn ich das nur wüsste! Wir unternehmen viel zusammen, telefonieren eigentlich ständig. Ich hab schon das Gefühl, dass er mich mag…"

„Aber?"

„Er macht einfach nicht den ersten Schritt! Ich hoffe, das Wochenende in der einsamen Hütte im Schwarzwald wird weiterhelfen!"

Ich nickte eifrig.

„Ja, ja, ja, das wünsche ich mir auch! Benni und ich in einer romantischen Hütte im Schwarzwald … da muss doch mal was gehen!"

Ich seufzte bei der Vorstellung an ein geruhsames Waldwochenende mit Benni.

„Hoffentlich fährt diese bescheuerte Nathalie nicht mit. Und Sascha soll uns auch in Ruhe lassen!", polterte ich.

Jessica grinste mich breit an.

„Offensichtlich scheinst du nicht nur dem armen Benni den Kopf verdreht zu haben, sondern auch noch seinem besten Kumpel!", stellte sie fest.

Ich schüttelte den Kopf.

„Ach, Unsinn! Sascha ist so ein Typ, der es ums Verrecken nicht leiden kann, wenn ein Mädel nicht auf ihn steht. Das ist so eine Art Jagdinstinkt oder so. Und ob Benni noch Gefühle für mich hat, nachdem ich so ausgeflippt bin, weiß ich leider nicht." Ich ließ den Kopf hängen und versuchte, mich auf die restliche Wegstrecke zu konzentrieren.

Jessi hing ebenfalls ihren Gedanken nach und schaute aus dem Fenster.

Kurze Zeit später kamen wir am Motorradclub an und ich parkte mein Auto am Straßenrand.

Meine Knie waren ganz schön zittrig, doch da musste ich jetzt durch. Immerhin hatte mich Sascha so gut wie eingeladen. Ich schüttelte kurz meine Haare über Kopf, dass die Locken nur so flogen, dann blickte ich Jessi mit funkelnden Augen an.

„Lass uns reingehen, Babe!", kommandierte ich, worauf meine Freundin mich am Arm schnappte und mit sich zog.

Als wir den schmalen Kiesweg hinunterliefen, der zur Eingangstür des Clubhauses führte, staunten wir nicht schlecht. Es war dermaßen viel los, dass die Leute bereits scharenweise um das Lagerfeuer im Vorhof herumstanden. Am Eingang hatte sich eine lange Schlange gebildet.

„Och nö!", stöhnte ich und lehnte mich genervt gegen die Hauswand.

„Na, wenn die alle mit zur Ausfahrt wollen, dann gute Nacht. Da bekommen wir ja nie mehr einen Platz!", ärgerte sich auch Jessica.

„Da braucht ihr euch keine Sorgen zu machen. Die meisten sind wegen was ganz anderem da!", ertönte eine klare Stimme neben uns.

Wir hatten das zierliche Mädel mit den langen, brünetten Haaren gar nicht bemerkt, das in unserer Hörweite stand.

Sie musterte uns freundlich und kicherte.

„Heute kommt doch *K.O.* zum Konzert in den Motorradclub, eine bekannte Reutlinger Rockband! 90 Prozent der Anwesenden heute sind Fans", erklärte sie und machte einen Schritt auf uns zu.

„Hi! Ich bin übrigens Sabrina", stellte sie sich vor und plapperte direkt weiter. „Ich hab euch noch nie hier gesehen! Allerdings bin ich auch eher selten hier, weil mein bescheuerter Bruder mich nicht so gern mitnimmt. Er sagt immer, ich sei noch zu jung für den Motorradclub, dabei werde ich dieses Jahr 18!"

Sie streckte mir ihre Hand hin, die ich sogleich schnappte und energisch schüttelte.

„Ich heiße Diana! Wir sind heute erst zum zweiten Mal da. Fährst du auch mit zu dieser Schwarzwaldausfahrt?"

Sabrina nickte hastig. Ihre Augen leuchteten.

„Wenn ihr wüsstet, wegen wem ich mitfahre … Hachja!"

Sie machte ein verzücktes Gesicht und blickte gen Himmel.

O je, doch wohl hoffentlich nicht wegen Benni! Ich wusste gar nicht, was ich auf dieses Statement antworten sollte. Wäre es unhöflich gewesen, zu fragen, wen sie meinte? Ich kannte sie ja eigentlich noch gar nicht. Fragend sah ich meine beste Freundin an. Sie wusste immer, was sich gehört und was nicht.

Jessica machte große Augen, warf mir einen scharfen Blick zu und schüttelte kaum merklich den Kopf.

Tja. Jessi kannte mich eben gut.

Sie stellte sich der jungen Sabrina ebenfalls vor und verwickelte diese in ein Gespräch über die Band.

Wir hatten *K.O.* schon einmal life gehört, als wir vier Jahre zuvor zum ersten Mal das Reutlinger Stadtfest besuchten. Ich konnte mich noch gut an das Gefühl von grenzenloser Freiheit und Rock n´Roll erinnern. Musikmäßig brachte ich *K.O.* nur mit dem Lied *Der Penner* in Verbindung.

Sabrina hingegen entpuppte sich als ein richtiger Fan von dieser Band. Sie hatte eine CD und war mit ihrem Bruder bereits auf mehreren Konzerten gewesen.

Ich mochte Sabrina auf Anhieb. Sie hatte eine lockere, unkomplizierte Art, die man einfach gern haben musste.

Während wir herumstanden und plauderten, trabte Carsten in seiner Motorradkluft den Kiesweg herunter.

Als er Jessica sah, strahlte er bis über beide Ohren. Er schwenkte seinen Helm zur Begrüßung und deutete eine leichte Verbeugung an.

„Hi ho!", rief er uns fröhlich zu. „Hier ist ja mal was gebacken! Na, wenn *K.O.* spielt, ist das auch kein Wunder. Soll ich euch Mädels was zu trinken besorgen?"

Ich nickte.

„Jacky-Cola, bitte!", orderte ich, was mir einen tadelnden Blick von Jessica einbrachte.

„Nur einen!", zischte ich ihr zu, worauf sie gutmütig nickte.

Sie ließ sich von Carsten dasselbe bringen. Als er mit den Getränken zurückkam, hatte er Benni im Schlepptau.

Ich musste mich schwer zusammenreißen, um mich vor Sabrina nicht zu verraten.

Die hatte momentan zum Glück sowieso keine Aufmerksamkeit für mich übrig, denn die Band K.O. kam gerade mit großem Hallo auf die Bühne und begann, ihre Musikinstrumente zu stimmen. Sabrina hüpfte auf und ab und kreischte vor Freude.

Benni lächelte mich warm an.

Ich hatte das Gefühl, als Pfütze auf dem Boden zu zerschmelzen, einfach so.

„Diana!", hauchte er, als er vor mir stand. „Schön, dich zu sehen!"

Dann nahm er mich in den Arm und drückte mich.

Ich war baff.

„Sascha hat mir schon gesagt, dass du heute wahrscheinlich kommst. Stimmt es, dass du mit zur Motorradausfahrt möchtest?"

Ich strahlte Benni an, der mich immer noch im Arm hielt, und nickte langsam.

„Ok – da gibt es nur ein kleines Problem. Zurückfahren kannst du auf jeden Fall mit mir auf meinem Bike, aber auf dem Hinweg müssen Sascha und ich schon mit der ersten Gruppe am Freitagmorgen losfahren, um ein paar Lebensmittel zu transportieren. Du müsstest irgendwie nach Wildberg oder wenigstens in die Nähe davon kommen."

Sabrina mischte sich ein: „Mach es doch wie ich! Ich fahr mit dem Zug bis Calw, ab dort ist es nicht mehr weit bis Wildberg. Da könnte Benni dich bestimmt abholen!"

„Sabse, du bist ein Schatz!", lobte Benni und gab meiner Retterin in der Not ein Bussi auf die Backe, was mich prompt eifersüchtig machte.

„Mein Bruder holt mich auch am Bahnhof ab. Dann können wir zusammen mit dem Zug fahren!", wandte sie sich mir wieder zu.

Für Benni interessierte sie sich schon mal nicht. Puuuh! Und umgekehrt? Ich konnte ihn so schlecht einschätzen!

Endlich begann *K.O.* mit dem ersten Lied. Ich kannte es noch nicht, aber es hörte sich richtig gut an. Carsten und Jessi waren inzwischen spurlos verschwunden.

Ich seufzte und klagte Sabrina mein Leid: „Es ist ja schön, wenn es bei der besten Freundin liebestechnisch gut läuft, aber andererseits ist es echt beschissen, dass man nur noch das fünfte Rad am Wagen ist!"

Sabrina zog eine Schnute.

„Wem sagst du das! Meine beste Freundin ist seit drei Monaten mit ihrem langjährigen Schwarm zusammen und ich kann sie nicht mal mehr am Telefon erreichen! Na, wenigstens hab ich die Jungs hier. Das ist auch was wert! Die Ausfahrt wird sicherlich cool! Ich hab mir schon überlegt, mit welchem Zug wir fahren können: 13.02 Uhr fährt einer am Tübinger Hauptbahnhof los", berichtete sie.

Nach einiger Zeit kam Jessi mit einem Motorradhelm in der Hand auf mich zu.

„Mäuschen, wir ziehen mal weiter! Aber wir haben uns und natürlich auch dich in die Anmeldeliste für die Ausfahrt eingetragen! Wir haben alle noch einen Platz bekommen! Einen Handzettel mit Infos, was wir alles benötigen, bekommen wir dann über Carsten!", informierte sie mich und zischte ab.

Ich schaffte es gerade noch, mich bei ihr zu bedanken, und verkniff mir einen scharfen Kommentar, der mir schon auf der Zunge lag und nicht gerade schmeichelhaft für sie in ihrer Position als beste Freundin gewesen wäre.

Wenig später tanzte ich mit Sabrina zu den Songs von *K.O.* und flippte fast genauso begeistert aus wie sie, als *Der Penner* gespielt wurde.

„Er geht raus – raus – raus auf die Straaaaße", johlten wir mit.

Das machte einen irren Spaß!

Irgendwie fühlte ich mich beobachtet, also drehte ich mich lachend um, da ich hoffte, meinen geliebten Benni zu sehen.

Es war jedoch Sascha, der mich angrinste und lässig an seiner Zigarette zog. Ich streckte ihm übermütig die Zunge raus und drehte mich so schnell in die andere Richtung, dass meine Haare nur so flogen. Sabrina packte mich an den Oberarmen und wirbelte mich im Kreis herum. So drehten wir uns, bis wir gackernd auf dem Boden landeten.

„Ach nein, wie kindisch! Ich rufe am besten gleich mal auf der Babystation an, ob jemand vermisst wird!" ertönte eine schnippische Stimme.

Ich hatte Nathalie überhaupt nicht bemerkt, die nun über uns stand und uns verächtlich anglotzte.

Sabrina lachte nur noch mehr und auch ich konnte überhaupt nicht mehr aufhören zu giggeln.

„Kannst du die Trulla auch nicht leiden?", wollte Sabrina von mir wissen, woraufhin ich mit einem viel sagenden Blick und einer entsprechenden Grimasse antwortete.

Ich war happy. Mit Sabrina konnte die Hütte eine richtige Gaudi werden. Selbst, wenn Oberzicke Nathalie mitfahren sollte!

Kapitel 4

Die zwei Wochen bis zur Ausfahrt vergingen wie im Flug. Nachdem ich gefühlte zwanzig Stunden mit Packen und noch mehr Zeit mit der Outfit-Suche zugebracht hatte, saß ich nun wirklich und wahrhaftig mit Sabrina im Zug nach Calw. Schwer zu sagen, wer von uns Beiden die Aufgeregtere war.

Sabrina hatte sich mittlerweile zu einer richtig guten Freundin entwickelt. Da sie wie ich in Betzingen wohnte, sahen wir uns fast täglich. Meine gute alte Jess war endlich fest mit ihrem Carsten zusammen und wurde trotzdem ein bisschen eifersüchtig auf Sabrina. Ich musste in der Tat aufpassen, dass ich meine beste Freundin nicht vor lauter Begeisterung über die neue Kameradin vernachlässigte.

Sabrina zwinkerte mir schelmisch zu.

„Bevor wir am Bahnhof ankommen, muss ich dir noch ein Geheimnis anvertrauen", murmelte sie verschwörerisch und grinste.

„Ich fahre nur wegen einem Typen mit, und zwar ganz bestimmt nicht wegen meinem Bruder!"

Ich hielt die Luft an. Sie wollte mir also endlich verraten, wer ihr heimlicher Motorradclub-Schwarm war. Mich zerriss es beinahe vor Spannung. Nervös knetete ich meine Hände.

„Ich habe dich nur aus dem Grund so lange nicht eingeweiht, weil du ihn recht gut kennst!"

O nein!!! Ich befürchtete schon das Schlimmste und musste mich arg zusammenreißen, um keine Grimasse zu ziehen, also starrte ich sie weiterhin gespannt an und keuchte auf.

Sabrina fuhr fort: „Vielleicht ist es dir schon selbst aufgefallen. Ich schwärme total für Sascha!"

Puuuh, was war ich erleichtert! Es wäre eine arge Belastung für unsere Freundschaft geworden, wenn sie ebenfalls an Benni interessiert gewesen wäre.

„Du sagst ja gar nichts!", stellte Sabrina enttäuscht fest.

Ich grinste sie dümmlich an.

„Du findest es lächerlich, oder? Ein Typ wie Sascha … Der praktisch Jede haben könnte … Sogar Nathalie ist hinter ihm her!"

Ich war immer noch zu beschäftigt damit, mich darüber zu freuen, dass Sabrina sich nicht in Benni verliebt hatte, daher schwieg ich weiterhin.

Die Arme zog daraus die völlig falschen Schlüsse.

„Du bist auch in Sascha verschossen, oder?", fragte sie ängstlich, worauf ich schallend loslachte und wild den Kopf schüttelte.

„Nein, da täuschst du dich!", erlöste ich sie endlich aus ihren Nöten. „Ich bin nur so froh, dass wir nicht hinter dem gleichen Kerl her sind! Ich will Benni, und das schon seit einiger Zeit!"

Sabrina war mindestens ebenso erleichtert wie ich gerade eben. Glücklich fielen wir uns in die Arme.

„Na, dann kann das Wochenende ja kommen. Jungs, nehmt euch in Acht!", strahlte Sabrina, während der Zug langsam in den Bahnhof einrollte.

Fröhlich schnappten wir unsere Rucksäcke und hüpften voller Vorfreude aus dem Zug. Wie staunte ich, als statt Benni Sascha auf dem Bahnsteig stand und mich breit angrinste! Er begrüßte zuerst Sabrina, dann mich.

Ob ich nach Benni fragen sollte? Kam das zu auffällig?

Sascha durchschaute mich jedoch wie immer.

„Ja, du siehst richtig. Dein Benni ist nicht hier. Ich vertrete ihn heute."

Er zog sich den Motorradhelm über und drückte mir einen Zweithelm in die Hand.

Weiteres Nachfragen war ausgeschlossen. Er hätte mich eh nicht mehr gehört.

Ich schaute Sabrina verlegen an und zog zur Entschuldigung die Achseln hoch.

Sie lächelte mir zu. Offensichtlich verstand sie, dass ich mich wirklich nicht für Sascha interessierte.

Sie zog sich den Zweithelm ihres Bruders, der übrigens Dennis hieß, über und schwang sich hinter ihm aufs Motorrad, während ich auf Saschas Sitzbank Platz nahm. Seine Jacke roch angenehm nach Leder. Er drehte sich zu mir um.

„Halt dich besser gut an mir fest, ich fahre einen heißen Reifen!", riet er mir und ließ seine Maschine aufheulen.

Da ich Saschas Warnung durchaus ernst nahm, klammerte ich mich wie ein Affe an ihn. Schon brauste er los.

Ich schmiegte mich an seinen starken Rücken und begann, die flotte Fahrt zu genießen. Warum

Benni wohl nicht gekommen war? Das musste ich unbedingt herausfinden!

Einige Zeit später kamen wir in Wildberg an und Sascha befuhr einen kleinen geschotterten Weg, der zu einer entfernt gelegenen Hütte auf einer Waldlichtung führte. Dort bremste er hart, wobei das Hinterrad etwas zur Seite rutschte.

Sofort klammerte ich mich noch fester an ihn.

Er drehte sich zu mir um und klappte sein Visier hoch.

„Keine Angst, Prinzesschen", raunte er und sah mir tief in die Augen.

Ich hielt seinem Blick stand. Im linken Auge hatte er zwei kleine, braune Sprenkel. Das war mir zuvor noch nie aufgefallen.

Sabrina sprang vom Motorrad ihres Bruders herunter und fiel mir lachend von hinten um den Hals.

„Hey.. Ihr seid ja recht zackig gefahren! Wir hatten Mühe, euch einzuholen!", lachte sie fröhlich.

Ich kletterte nun auch von Saschas Bike und umarmte sie.

„Auf ein supergeniales Wochenende!", rief ich.

Wir gingen zusammen in die Hütte.

Sabrina hatte wohl schon einige Instruktionen von ihrem Bruder erhalten, denn sie schob mich zielstrebig eine schmale Holztreppe hinauf.

„Hier gibt es zwei Schlafsäle", erklärte sie währenddessen,

„Dort sind riesige Matratzenlager aufgebaut. In einem Zimmer schlafen die Männer, im anderen die Frauen. Komm, da vorn ist das Mädels-Zimmer!"

Sie nahm mich bei der Hand und zerrte mich in ein schmales Kämmerchen, bei dem man aufpassen musste, sich den Kopf nicht an der Dachschräge anzustoßen.

Sabrina ließ sich auf eine der vielen am Boden ausgebreiteten Matratzen fallen und jubelte. Sie war einfach glücklich.

Carsten und Jessica schienen noch nicht angekommen zu sein.

Ich wählte eine Matratze neben einem Holzbalken direkt unter der Schräge, so hatte ich ein wenig Abstand zu den anderen, falls jemand schnarchen sollte.

Sabrina rollte sich auf den Bauch, stützte ihr Gesicht in die Hände und schaute mich mit großen Augen an.

„Warum hat dich eigentlich der Sascha vom Bahnhof abgeholt und nicht der Benni?", wollte sie wissen.

Tja, gute Frage. Das interessierte mich auch brennend. Wo war Benni überhaupt? Ich hatte ihn seit unserer Ankunft noch nicht gesehen. Ich zuckte mit den Schultern und zog eine Schnute.

„Ich glaube, das erfahren wir nur, wenn wir ihn fragen. Los, wir suchen ihn!"

Ich packte Sabrinas Hand und zog sie hinter mir her aus dem Zimmer und die Treppe hinunter. Auf der Treppe stieß ich fast mit Nathalie zusammen.

„Paß doch auf!", zischte sie mich an und musterte mich böse.

Direkt hinter ihr erschien Benni auf der Treppe. Er trug einen pinkfarbenen Koffer. Ich spürte, wie jegliche Farbe aus meinem Gesicht wich.

„Äh… hallo, Diana!", begrüßte er mich kurz und eilte Nathalie hinterher.

Ich starrte ihm fassungslos nach.

Sabrina streichelte mich liebevoll an der Schulter.

„Mach dir nichts draus. Die Nathalie finden alle Kerle hier heiß", versuchte sie, mich aufzumuntern.

„Sei mir nicht böse, aber ich möchte jetzt gern allein sein", wisperte ich ihr zu und stürmte weg von der Hütte. Ich folgte irgendeinem Kiesweg entlang in den Wald hinein.

Als ich einige Schritte gegangen war, atmete ich ein paar Mal tief durch. Es roch nach Tannennadeln und Bärlauch. Benni und Nathalie? Hatte er mich deshalb nicht abgeholt? Na, das konnte ja ein wunderbares Wochenende werden. Plötzlich hörte ich Schritte hinter mir, die rasch näher kamen. Bestimmt wollte Sabrina nach mir sehen. Die Liebe. Sie machte sich einfach Sorgen um mich. Ich blieb stehen und drehte mich um, doch ich sah nicht meine neue gute Freundin. Es war Sascha.

„Na, du rennst ja los, Prinzesschen…", begann er und hielt mich an den Schultern fest.

„Wir haben gleich die Anfangsbesprechung, wie der Plan fürs Wochenende abläuft und so! Da kannst du nicht einfach wegbleiben."

„Oh ok, das wusste ich nicht. Ich wollte mir nur ein bisschen die Gegend anschauen!"

Gemeinsam gingen wir Richtung Hütte zurück.

„Ich muss dich mal was fragen, Sascha. Warum hast du mich eigentlich abgeholt und nicht Benni, wie es abgemacht war?"

„Oh, das hat einen ganz einfachen Grund. Unsere Diva brauchte unbedingt Hilfe mit ihren vielen Koffern und Täschchen. Sie hat eigentlich mich die ganze Zeit damit genervt und herumgebettelt, aber da ich unseren guten alten Benni kenne und weiß, wie gutmütig er ist, hab ich es kurzerhand auf ihn abgewälzt, ihr zu helfen. Tja, und außerdem wollte ich mir doch die Gelegenheit nicht entgehen lassen, unser Prinzesschen mal auf der Maschine zu haben!"

Er grinste mich breit an.

So verhielt sich das also! Ich hatte es allein Sascha zu verdanken, dass ich um die Motorradfahrt mit Benni gekommen war und Benni nun mit Nathalies Koffern durch die Gegend rannte.

Ich funkelte Sascha böse an.

„Glaub nur nicht, dass sich das so schnell wiederholt!", blaffte ich und ging ein paar Schritte schneller, so dass Sascha in ein lockeres Joggen fiel, um wieder zu mir aufzuholen.

Ich würdigte ihn bis zur Hütte keines Blickes mehr und er sagte ebenfalls nichts.

Sabrina stand im Türrahmen und beobachtete uns mit einem seltsamen Ausdruck in den Augen.

Ich konnte mir schon vorstellen, was sie verärgerte. Sicher dachte sie, es liefe etwas zwischen Sascha und mir. Nichts lag mir ferner als das! Ich musste mit ihr reden.

Leider wurde just in diesem Moment die Besprechung eröffnet, und alle mussten sich in dem großen Speisesaal einfinden. Schnell schlüpfte ich neben Sabrina.

„Keine Angst, da läuft absolut nix zwischen Sascha und mir! Du weißt, ich bin total verrückt nach Benni!", flüsterte ich ihr hastig zu.

Sie nickte.

„Das weiß ich!", tuschelte sie zurück. „Aber ich merke einfach, dass ich bei ihm keine Chance habe!"

Ich nahm meine Freundin erst mal in den Arm. Ich konnte es ihr nicht verdenken, dass sie so unglücklich war.

Sascha hatte in der Tat etwas, das konnte auch ich nicht verleugnen, und er sah blendend aus. Logischerweise waren entsprechend viele Mädels hinter ihm her, und das wusste er auch.

„Der ist doch hinter dir her!", motzte Sabrina und zog einen hübschen Schmollmund.

Ich lachte.

„Weißt du, was ihn so an mir reizt?" Ich nahm sie bei den Schultern und sah ihr fest in die Augen. „Dass ich nichts von ihm will! Er schnallt genau, dass ich mich in Benni verguckt habe, und das wurmt ihn. Er ist es gewohnt, dass die Mädels reihenweise in Ohnmacht fallen, wenn sie ihn nur anschauen. Weil er diese Wirkung auf mich eben nicht hat, versucht er mit allen Mitteln, mich herumzukriegen. Aber Geschmäcker sind nun mal verschieden, und das ist auch gut so! Abgesehen davon würde ich doch keine Freundin hintergehen!"

Sabrina lächelte nach meinem Statement und nickte.

„Du hast sicher Recht."

„Noch ein Rat: Renn ihm nicht hinterher. Mach dich interessant für ihn!"

Genau in dem Moment fuhr draußen eine weitere Maschine vor. Es waren Carsten und Jessica. Wir begrüßten die Beiden, als sie sich zu uns in den Gemeinschaftsraum gesellten.

„Na, ihr habt euch ja Zeit gelassen!", stellte eine ältere Rockerbraut fest.

Der Gemeinschaftsraum, der gleichzeitig auch als Speisesaal verwendet wurde, war urig gestaltet mit Holztischen, auf denen rot/weiß karierte Tischdecken ausgebreitet lagen. Einer der älteren Motorradfahrer, dessen Namen ich mir nicht merken konnte, stand auf und stellte sich in die Mitte des Raumes.

„Erstmal herzlich willkommen an euch alle!", begann er. „Wir werden es dieses Wochenende so richtig krachen lassen! Hier im Wald können wir prinzipiell alles machen, was wir wollen – es stört keinen. Musik so laut, dass die Ohren wegfliegen!"

Alle gröhlten laut vor Vergnügen.

Ich suchte die Menge nach Benni ab und sah ihn im Schneidersitz vor dem Kamin auf dem Boden sitzen. Er schaute mich mit seinen schönen blauen Augen an und lächelte.

Mein Herz machte einen aufgeregten Hüpfer. Ich musste sehr breit grinsen. Schnell fuhr ich mir mit den Händen durch die Haare und wendete den Blick ab.

Der Altrocker fuhr indessen mit seiner Ansprache fort:

„Es hat bestimmt schon Jeder sein Bett gefunden. Die Nachzügler müssen nehmen, was übrig bleibt. Heute fangen wir mit Grillen am Lagerfeuer an und wer Lust hat, kann gegen später Karaoke singen. Didi hat seine Anlage dabei. Morgen gibt es ein gemeinsames Frühstück um 9.00 Uhr, wir wollen schließlich was vom Tag haben. Danach werden wir eine Ausfahrt zur Lützenschlucht machen, wo wir die Motorräder abstellen und eine Runde wandern gehen. Gegen Abend machen wir uns dann chic und veranstalten einen kleinen Casino-Abend, bei dem ihr selbstverständlich auch was gewinnen könnt. Am Sonntag ist Kater auskurieren angesagt. Das werdet ihr sicherlich brauchen, bevor wir mittags nach Hause fahren werden. Klingt das gut?"

Allgemeines Gejohle folgte.

„Also gut, dann will ich euch nicht länger mit meinem Gequatsche langweilen. Macht es euch gemütlich, erkundet die Gegend oder trinkt schon mal einen. Um 18.00 Uhr treffen wir uns draußen an der Grillstelle. Viel Spaß!"

Alle klatschten.

Ich trampelte sogar vor Freude mit den Füßen auf den Boden. Dieses Wochenende bot viele tolle Gelegenheiten, um mit Benni auf Tuchfühlung zu gehen!

Ich beschloss, mir schon mal was zu trinken zu besorgen, und steuerte die Bar an. Dort traf ich auf Benni.

„Hey!", begrüßte er mich fröhlich. „Auch was zu trinken?"

„Aber klar!"

Ich himmelte ihn an. Zwei Seelen, ein Gedanke!

Er reichte mir einen Araber.

„Das trinkst du doch immer, oder?", wollte er wissen.

„Erraten! Was nimmst du?"

„Ach, ich probier das auch mal. Wegen vorhin … ich wollte dich so gerne selber holen, aber Nathalie brauchte Hilfe. Und Sascha hat sich gedrückt. Ihm passt wohl nicht, wie sie ihm nachstellt", erklärte er.

Wir stießen mit unseren Krügen an.

Ich nahm einen großen Schluck von meinem alkoholischen Getränk. Bennis Nähe machte mich mal wieder viel zu nervös.

Er erzählte mir von seinem Motorrad und von der Ausfahrt des Vorjahrs. Damals sei es total verregnet gewesen. Diesmal hatten wir richtig Glück mit dem Wetter.

Als ich Benni über die Schulter blickte, sah ich Sabrina, wie sie an Saschas Arm hing und versuchte, mit diesem zu schäkern.

O nein, dachte ich, Sie macht genau das Gegenteil von dem, was ich ihr geraten habe. Sie wird es sich garantiert total mit ihm verscherzen.

Ich konnte von meinem Platz aus nicht verstehen, über was sich die Beiden unterhielten, doch Sabrina lachte auf jeden Fall viel zu laut und aufgesetzt. Außerdem tatschte sie ständig an Sascha herum. Ich konnte nicht wegsehen und kam mir vor wie ein Gaffer bei einem Verkehrsunfall. Sascha sah schon ganz gequält aus.

Schließlich zwang ich mich, meinen Blick abzuwenden. Wie sie es mit Sascha anging, war immer noch Sabrinas Sache, nicht meine. Ich hatte sie gewarnt. Mehr konnte ich als ihre Freundin nicht tun.

Benni war inzwischen schon bei seinem zweiten Araber angelangt, während ich noch an meinem ersten nuckelte. Merklich angeschickert, nahm er mich ungelenk in den Arm.

„Holla!", entfuhr es mir. „Verträgst du denn gar nichts?"

Benni kicherte.

„Das sind ja nicht meine ersten Getränke heute! Hab vorhin schon mit Sascha ein paar Bier gezischt. Bevor er dich abgeholt hat."

„Waaas? Und dann fährt der noch Motorrad und nimmt mich hinten drauf?"

Ich war ehrlich entsetzt.

Benni zeigte sich jedoch absolut unbeeindruckt.

„Du, dem Sascha macht das gar nix aus, der kann schon was wegschlucken. Glaubst du, ich hätte sonst zugelassen, dass er dich auf sein Motorrad nimmt?"

Du hast zugelassen, dass er mich überhaupt aufs Motorrad lässt, dachte ich beleidigt.

Irgendwie war ich angesäuert, dass Benni nicht darauf bestanden hatte, mich selbst abzuholen. Immerhin hatten wir es so ausgemacht. Und erst jetzt, mit einigen Promille im Blut, konnte er mich in den Arm nehmen? Nein, mein Freundchen, so nicht!

Ich machte mich sanft von ihm los.

„Lass uns später quatschen, ich möchte jetzt eine Weile mit meiner besten Freundin spazieren gehen!"

Benni sah geknickt aus.

Ich musste erst mal nachdenken. So ging das nicht weiter.

Ich suchte den Raum nach meiner Freundin ab, nickte ihr dann zu und zeigte Richtung Tür.

Jessica verstand sofort und war mit zwei langen Sätzen neben mir. Sie hakte sich bei mir unter und so gingen wir ein paar Schritte.

„Na, was gibt´s Neues?", fragte sie mich vergnügt, woraufhin ich mit den Schultern zuckte.

„Keine Ahnung, nichts Neues eigentlich. Statt Benni hat mich leider der Sascha am Bahnhof abgeholt. Dafür hat Benni vorhin wieder so geschaut. Und jetzt, wo er sich schon halb einen angesoffen hat, da kann er mich in den Arm nehmen? Ach, ich weiß auch nicht!", jammerte ich.

Jessica redete mir gut zu:

„Das Wochenende wird dir sicher mehr Klarheit verschaffen! Mit der Sabrina scheinst du dich ja richtig gut zu verstehen!"

Ich nickte.

„Sie ist toll. Kaum zu glauben, dass sie erst 17 ist! Sie könnte glatt meine Zwillingsschwester sein. Na ja, nicht ganz. Ich würde mich nie so albern einem Kerl an den Hals werfen, wie sie es bei Sascha tut."

Jessica grinste mich amüsiert an und puffte mir gegen die Schulter.

„Was sind denn das für Töne? Du wirst dich doch nicht auch noch in Saschas Harem einreihen wollen?", kicherte sie.

Ich schüttelte entsetzt den Kopf, dass meine Haare in alle Richtungen wirbelten.

„Nie im Leben!", beteuerte ich. „Dieser arrogante Gockel legt es doch nur darauf an, dass ihm alle Weiber zu Füßen liegen. Mir tut nur meine arme Sabrina leid!"

Es war schön, mal wieder mit Jessica allein zu sein. Natürlich verstand ich mich gut mit meiner neuen Kameradin, aber mit Jess verband mich so viel mehr. Wir waren zusammen erwachsen geworden, hatten gemeinsam vor dem Fernseher in Metallica-T-Shirts gesessen, Eiscreme geschleckt und „Beavis & Butt-Head" auf MTV angeschaut. Jessi hatte meine Haare gehalten, als ich zum allererst en Mal vom Alkohol kotzen hatte müssen; und ich hatte sie getröstet, als sie ihren ersten fetten Liebeskummer hatte. Sowas konnte kein anderes Mädel toppen.

Jessica schienen ähnliche Gedanken im Kopf herumzugehen, denn sie blieb plötzlich stehen und sagte sehr ernst:

„Ich hoffe, dass wir weiterhin so gute Freundinnen bleiben, auch wenn sich unsere Lebenswege voneinander entfernen sollten!"

Ich gab ihr einen freundschaftlichen Rippenstoß.

„Aber klar doch! Warum auch nicht?"

Zufrieden schlenderten wir Arm in Arm zurück zur Hütte.

„Ich zieh mir noch schnell was über, bevor das Grillen losgeht!", sagte ich zu Jessica, während ich mich von ihr losmachte, und joggte dann die Treppen rauf in unser Mädels-Zimmer.

Dort war ich allein. Da es schon etwas kühler geworden war, schnappte ich mir meine Jeansjacke und wollte gleich wieder die Treppe runterstürmen, als ich jemanden meinen Namen rufen hörte. Der Ruf kam aus dem Jungszimmer. Ich blieb auf der obersten Treppenstufe stehen und wandte mich um.

Da stand Sascha im Türrahmen gelehnt, breit grinsend – und oben ohne.

Mir blieb der Mund offen stehen.

Er hatte eine Jeans mit breitem Gürtel an, die sich wie eine zweite Haut an ihn schmiegte. Sein muskulöser Oberkörper hatte die Form eines großen V.

Ich vergaß, dass ER ja MICH gerufen hatte, und stammelte herum:

„Äh.. Äh... Ich muss jetzt mal runter, es gibt gleich Essen!" Fluchtartig stolperte ich die Treppe hinunter.

In meinem Rücken hörte ich, wie Sascha selbstgefällig lachte.

Dieser Arsch! Voller Wut schüttelte ich meinen Kopf. Was wollte er eigentlich? Mich aus der Fassung bringen. Na super, das hatte er ja auch ganz gut hinbekommen. Mist! Jetzt platzte er sicher vor

Eingebildetheit. Ich nahm mir fest vor, ihn den übrigen Abend komplett zu ignorieren

Glühend vor Zorn drehte ich mich um meine eigene Achse und stieß mit Sabrina zusammen, die auf mich wartete.

„Hey, nicht so stürmisch!", lachte sie und wurde gleich darauf ernst, als sie mein Gesicht sah.

„Was ist denn mit dir passiert? Du siehst aus, als hättest du einen Geist gesehen!"

Ich nickte wild.

„So könnte man das nennen!"

Meine Freundin nahm mich in den Arm.

„Komm, lass uns erst mal in den Partyraum gehen. Die sind mit dem Grillgut draußen noch nicht fertig und einige Metal-Typen wollen Karten spielen. Dein Benni ist übrigens auch dabei!"

Sie zwinkerte mir verschwörerisch zu und dirigierte mich in den Gemeinschaftsraum.

Na, diese Ablenkung ließ ich mir doch gerne gefallen!

Im Gemeinschaftsraum richtete Didi schon eifrig alles fürs Karaoke her. Er wuselte herum wie ein junger Hund und war sichtlich aufgeregt. Immer wieder scheuchte er ein paar Leute von ihren Plätzen, weil er unbedingt gerade dort ein Kabel verlegen wollte.

Wir setzten uns an einen größeren Tisch, um den schon einige langhaarige Kerle saßen.

Sabrina schnappte sich einen Stuhl, drehte ihn sich so herum, dass er mit der Lehne nach vorne zeigte, und setzte sich breitbeinig darauf.

„Na, wollen wir eine Runde zocken?", fragte sie fröhlich.

Die breitschultrigen Typen spielten Poker.

Da ich keine Ahnung hatte, wie man das spielt, setzte ich mich nur daneben und schaute zu.

Benni pokerte mit.

Ich lächelte ihn an, er lächelte zurück. Hach, diese blauen Augen mit den langen, dichten Wimpern. Saschas nackter Oberkörper verblasste schnell zu einer nebulösen Erinnerung.

Leider kam diese Erinnerung schneller zurück, als mir lieb war, denn just in diesem Moment erschien Sascha im Gemeinschaftsraum – immer noch oben ohne.

Es fehlte nicht viel, und Sabrinas Zunge wäre ihr aus dem Mund bis auf den Boden gefallen.

„Na, was liegt an?", gab er betont lässig von sich und schritt dann extra dicht an mir vorbei, um sich hinter Benni zu stellen.

„Wooow", entfuhr es Sabrina in einem seltsamen Quietschton.

Ich versuchte, Sascha so gut wie möglich zu ignorieren.

Benni sah verärgert aus.

„Mensch, Sascha, jetzt zieh dir doch endlich was an! Die Ladies werden schon ganz nervös! Wie sollen die denn noch singen?", brummte Didi im Hintergrund, der immer noch mit seinen Kabeln herumhantierte.

Dieser Meinung war ich allerdings auch. Was musste Sascha ständig herumstolzieren wie ein Pfau? Widerlicher, arroganter Kerl! Benni tat mir leid. Sascha würde wirklich hervorragend zu Nathalie passen, dachte ich wütend.

Die Männer spielten indessen weiter ihr Pokerspiel.

Sabrina hatte Mühe, dem Spielverlauf zu folgen, und machte daher eine Menge Fehler. So flog sie relativ schnell raus.

Ich nutzte die Gunst der Stunde, um ihr vorzuschlagen, nach draußen zu gehen. Leider konnte nichts und niemand sie von Sascha wegbringen, also trollte ich mich alleine.

Im Türrahmen begegnete ich Nathalie, die mal wieder völlig overdressed war. Sie hatte sich einen Lederminirock angezogen mit schwarzen Wildlederboots, an denen lange Fransen herunterbaumelten. Als wäre das nicht schon schlimm genug, trug sie dazu ein bauchfreies Ledertop und darüber eine Wildlederweste – ebenfalls mit Fransen dran. Ein Cowboyhut thronte auf ihrem zugegebenermaßen hübschen Köpfchen. Einmal mehr wirkte sie wie ein aufgemotztes Zirkuspferd. Sie musterte mich verächtlich und Kaugummi kauend von oben bis unten.

Ich grinste sie breit an und ging an ihr vorbei nach draußen. Sollte sie doch Sascha anhimmeln.

Und wirklich: Ihr Gequietsche konnte ich bis draußen hören:

„Saaaaascha, du bist ja so ein staaarker stattlicher Mann! Lass mal deine Muskeln befüüüühlen!"

Ich konnte mich nicht beherrschen, auf den Boden zu spucken.

Jessi strahlte mich an.

„Schon genug vom Karten spielen?", wollte sie, an ihren Carsten gelehnt, wissen.

Ich verdrehe die Augen.

„Diese Freakshow da drinnen hätte ich keine Sekunde länger ertragen!", antwortete ich ihr.

„Was war denn los?"

„Ach, frag besser erst gar nicht!"

Ich winkte ab und hakte mich bei ihr unter.

„Lass uns lieber ans Feuer sitzen!"

Mit Carsten im Schlepptau gingen wir zum Lagerfeuer, wo schon eifrig Frikadellen für die Westernburger gebraten wurden.

Zu meiner großen Freude kam Benni zum Feuer gelaufen.

Carsten winkte ihm zu, woraufhin er sich zu uns setzte.

Ich lächelte ihn an.

Jessi grinste breit und bot an, mir einen Araber zu besorgen. Da sagte ich nicht nein. Benni bat, dass sie ihm auch einen mitbringen sollte.

„Und, Benni, wie gefällt es dir bisher?", fragte Carsten fröhlich.

„Es ist sehr schön hier! Ich bin gerne mitten in der Natur. Am liebsten würde ich einen Waldspaziergang in der Nacht machen!", verriet Benni.

Ich traute mich mal wieder gar nichts und blickte verschämt auf meine Fußspitzen.

Carsten knuffte mich in die Schulter.

„Ein Waldspaziergang in der Nacht, so was machst du doch auch gerne, Diana! Wollt ihr später nicht zusammen in den Wald gehen?"

Ich zuckte zusammen. Das war viel zu auffällig!
Benni strahlte. „Ich nehme Diana gerne mit!"
Meine Hände wurden ganz zitterig vor Freude. Ich hatte Mühe, mich zu beherrschen.

„Ich hab ja nachts etwas Angst im Wald", brachte ich hervor. „Du musst mich dann gut beschützen!"

Carsten schien sehr zufrieden mit sich zu sein. Er rieb sich die Hände und wirbelte Jessi, die zwischenzeitlich mit zwei vollen Krügen beladen zurückkam, einmal herum, so dass die Krüge überliefen.

„Meine Maus, ich hab ein gutes Werk vollbracht!", rief er, woraufhin ich den Kopf schüttelte und ihm ein Zeichen machte, er solle doch seinen Schnabel halten.

Insgeheim freute ich mich jedoch total und hoffte, es würde einen guten Moment geben, in dem Benni und ich uns tatsächlich in den Wald abseilen konnten.

Die Burger schmeckten hervorragend. Ich hatte gute Laune und stieß mit Sabrina auf den schönen Abend an. Wir tranken weiterhin Araber. Sabrina war nach wie vor total high vom Anblick des nackten Oberkörpers von Sascha. Zwar hatte der sich zwischenzeitlich wieder verhüllt, aber der Eindruck war bleibend. Am Lagerfeuer hatte er mehrmals das Gespräch mit mir gesucht, doch ich war jedes Mal unter einem Vorwand aufgesprungen und weggelaufen.

Mal musste ich dringend aufs Klo, mal konnte ich es nicht ertragen, ein leeres Glas zu haben, und mal musste ich unbedingt mit Jessi sprechen.

Irgendwann gab Sascha glücklicherweise auf.
Ich atmete tief durch.

„Puh, der geht mir ganz schön auf den Keks!", seufzte ich Benni gegenüber, der gerade einen großen Schluck von seinem Getränk nahm.

„Der Sascha? Ach, er möchte sich halt gern unterhalten", kommentierte er.

Ich zuckte mit den Schultern. Plötzlich ertönte ein Gong und Didi rieb sich freudig die Hände.

„Leute, lasst uns reingehen! Es ist Karaoke-Time!", freute er sich.

Ich klopfte Benni auf die Schulter.

„Für Karaoke bin ich noch nicht blau genug. Wie ist es mit dir?"

Er lachte und zeigte hinter uns Richtung Wald.

„Ich auch nicht! Lass uns noch die Gläser leer trinken und dann in den Wald gehen, ok? Es ist zwar noch zu früh für einen richtigen Nachtspaziergang, aber jetzt in der Dämmerung ist es bestimmt trotzdem wunderschön im Wald!"

Ich nickte eifrig und leerte mein Glas. Wie nervös ich war! Benni verursachte bei mir nach wie vor starkes Bauchkribbeln, wie eine Art inneres Erdbeben.

Sabrina lächelte zu mir rüber und zeigte mir den erhobenen Daumen. Sie klebte förmlich an Sascha dran, der auf der anderen Seite von Nathalie belagert wurde, die sich lässig mit einem Arm auf seiner Schulter aufstützte.

Pfff, sollte er sich doch anhimmeln lassen.

Benni und ich entfernten uns langsam von der Hütte. Wie immer, wenn ich mit Benni eine Weile alleine war, wurde ich ganz ruhig und genoss es einfach, bei ihm zu sein.

„Es ist echt schön hier. Ich bin so froh, dass ich mitgefahren bin!", platzte es aus mir heraus, als wir die Hütte nur noch als schwachen, weit entfernten Lichtschein ausmachen konnten.

Benni nickte.

„Geht mir genauso! Ich war schon oft mit den Motorradleuten unterwegs, aber halt immer nur bei jemandem hinten drauf. Vor einem Jahr hatte ich noch nicht mal einen Führerschein!"

Er erzählte mir von seiner Fahrprüfung und dass er schon mal auf Ibiza Urlaub gemacht hatte. Natürlich mit Sascha, mit wem sonst?

Es konnte mir wirklich auf die Nerven gehen, dass er ständig so bewundernd von Sascha redete.

„Wenn du mich fragst, ist dein Kumpel ein ganz schöner Idiot!", konnte ich mir nicht verkneifen.

Benni war ehrlich entsetzt.

„Ich verstehe nicht, wieso du ihn nicht magst. Er spricht immer sehr achtungsvoll von dir!", entgegnete er.

Ich schnaubte.

„Mir gefällt nicht, dass es immer nach seinem Kopf gehen muss. Außerdem finde ich es immer noch bescheuert, dass er mich mit dem Motorrad abgeholt hat und nicht du!"

Benni nahm mich sanft an den Schultern und sah mir tief in die Augen.

„Aber jetzt bin ich hier, und wir sind allein. Ist das nicht schöner, als für ein paar Minuten zusammen auf einem stinkenden Motorrad zu sitzen?"

Ich machte bestimmt ein Gesicht wie ein Reh, das von einem Auto aufgeschreckt wurde und nun ins Scheinwerferlicht starrte. Mit großen, aufgerissenen Augen. Ich konnte nicht sprechen. Gleich küsst er mich, dachte ich, Jaaa, endlich!

Doch gerade, als Bennis Mund sich meinem näherte, stürzte sich ein schwarzer Schatten mit wildem Indianergeheul auf ihn und riss ihn zu Boden.

Ich erschreckte mich so, dass ich laut loskreischte wie ein wild gewordenes Teenie-Girl bei einem Backstreet-Boys-Konzert.

„Du SACK!", rief Benni lachend und knuffte dem schwarzen Schatten in die Seite.

Jetzt, da er sich die Kapuze vom Kopf zog, erkannte ich ihn auch. Es war Sascha. Natürlich.

„Na, wie siehts aus? Ihr werdet beim Karaoke vermisst!", lachte er und sprang auf die Beine.

Benni rappelte sich ebenfalls wieder auf und Sascha machte Anstalten, sich zwischen uns zu quetschen und je einen Arm um einen von uns zu legen.

Aber da machte ich nicht mit. Ich war sauer. Stinksauer! Wie konnte dieser Idiot mir nur meinen ersten Kuß mit Benni versauen? Voller Zorn stieß ich seinen Arm weg und steuerte im Stechschritt auf die Hütte zu.

„Oh, Prinzesschen, hab ich dir jetzt die Tour vermasselt?", brüllte mir Sascha hinterher, woraufhin ich noch einen Zahn zulegte.

Das Ganze war mir total peinlich. Ich wusste weder, woran ich bei Benni war, noch, wie ich mich jetzt verhalten sollte. Sascha stellte mich vor Benni wie ein notgeiles Huhn dar, das sich wild auf ihn stürzen wollte. Zumindest wollte er das offensichtlich mit dem blöden Spruch von gerade eben vermitteln. Ich ließ mich von Jessi und Sabrina flankieren und besuchte erst mal für eine lange Zeit die Bar.

Meine Freundinnen fanden Saschas Verhalten auch nicht gerade gut.

„Bestimmt ist das eine ganz enge Jungs-Freundschaft und er kann es nicht ertragen, wenn Benni sich anschickt, eine Beziehung einzugehen!", mutmaßte Jessi nach unserem zweiten Wodka-Kirsch.

„Vielleicht ist das aber auch eine dieser bisexuellen Beziehungen. Die Beiden haben miteinander herumprobiert, um sich sozusagen auf die Mädels vorzubereiten, und für Sascha ist es einfach mehr geworden."

Sabrina warf Jess einen entsetzten Blick zu, während ich mich vor Lachen kugelte.

„Das ist gut! Das ist echt gut! Das merk ich mir, falls es Sascha heute noch mal wagen sollte, mich anzusprechen!"

Während wir einige Longdrinks genossen, begannen einige besonders mutige Biker, diverse Lieder über die Karaoke-Anlage zu plärren. Den Anfang hatte Didi gemacht, der gar nicht mal schlecht singen konnte. Wir stellten uns vor die provisorische

Bühne, auf die gerade zu unser aller Überraschung Carsten kletterte.

Jess himmelte ihn verzückt an.

„Meine lieben Freunde", begann er und das Mikro fiepte dabei unangenehm, weil er zu nah dran war.

„Ich weiß, dass ich jetzt gleich eure Ohren foltern werde, aber das müsst ihr aushalten!"

Er lachte herzlich und mitreißend, machte dann eine übertriebene Verbeugung und gröhlte ins Mikro: „Let´s rock and roooooolll!"

Didi spielte den Karaoke-Song an. Es handelte sich um *Symphony of Destruction* von *Megadeth*.

Wir Mädels standen vor der Bühne und mussten uns das Lachen verkneifen, da Carsten zwar ein lieber Kerl, aber absolut kein Sänger war. Er traf kaum die Töne und hatte auch nicht die richtige Stimme für einen derartigen Metal-Song.

Nur meine gute Jessica schmachtete ihn an und hauchte immer wieder:

„Ist er nicht wunderbar? Oh, wie schön er singt!"

Sabrina und ich stießen uns gegenseitig an und kicherten noch lauter.

Mein Glas war schon wieder leer. Ich beschloss, mir noch einen einzigen Wodka Kirsch zu holen, und dann würde ich gemeinsam mit Sabrina ebenfalls singen. Wir hatten uns bereits einen Anmeldezettel geholt.

Auf dem Weg zur Bar sah ich aus den Augenwinkeln, dass Sascha mir folgte. Am Tresen befand sich bereits eine Traube von Menschen, die sich ebenfalls fürs Karaoke Mut antrinken wollten.

Ich orderte meinen Wodka Kirsch und wurde prompt von Sascha angestupst.

„Noch sauer, Prinzesschen?", murmelte er.

Ich schenkte ihm ein strahlendes Lächeln und antwortete so laut, dass es in der ganzen Bar zu hören war:

„Warum sollte ich sauer sein? Ich weiß jetzt, dass du nur eifersüchtig bist, weil du heimlich auf Benni stehst. Ein bisschen bi schadet nie, oder wie heißt das?"

Sascha war perplex. Ihm blieb der Mund offen stehen.

Alle Personen an der Bar hatten sich zu uns herumgedreht.

Ich tätschelte ihm die Schulter.

„Ich weiß, dass das schwer für dich ist, aber du wirst darüber hinweg kommen, dass Benni nicht schwul ist. Dein Liebeskummer wird irgendwann vergehen!", sagte ich und eilte mit meinem Getränk in der Hand zurück vor die Bühne.

Benni erwartete mich dort breit grinsend.

„Hast du einen Musikwunsch?", wollte er wissen.

Ich nickte.

„Mir gefällt besonders *Separate Ways* von *Journey*!", gab ich ihm Auskunft.

Sofort hüpfte Benni auf die Bühne und schob einen der älteren Biker zur Seite.

„Darf ich mal kurz?", gab er charmant, aber bestimmt von sich und flüsterte mit Didi, der lachend nickte.

Benni schnappte sich das Mikro und schaute mich an.

Didi nahm das zweite Mikro und machte folgende Durchsage:

„Ich weiß, dass wir eigentlich eine Reihenfolge einhalten müssen und jetzt der gute Arne dran wäre. Aber unser Benni hier will so gerne was singen, bevor er zu blau dazu ist. Er wird einen Musikwunsch erfüllen, den er für das schönste Mädchen im Motorradclub zum Besten geben möchte. Da unterstützen wir ihn doch gerne, oder?"

Wildes Gejohle der Menge folgte.

„Also dann: Bühne frei für Benni mit *Separate Ways*!"

Das Intro wurde eingespielt und ich schmolz dahin. Es hatte zwar niemand unsere Unterhaltung gehört, aber das war mir egal. Es reichte mir völlig, dass ich wusste, dass Benni nur für mich sang. Mir wurde es ganz warm ums Herz. Mit Tränen in den Augen beobachtete ich, wie er schüchtern auf der Bühne stand, mit beiden Händen das Mikro umschlossen, und vorsichtig die ersten Takte von *Separate Ways* sang.

Bis auf die Tatsache, dass er etwas zu leise war, hörte es sich sogar ziemlich gut an! Ich kam mir vor, als schwebte ich zehn Zentimeter über dem Boden.

Alles kam mir unwirklich vor, als Benni sang: „Some day love will find you. Break those chains that bind you ..."

Zu meinem Entsetzen stolzierte die immer noch kurz berockte Nathalie mit einem siegessicheren Strahlen nach vorne bis zum Bühnenrand. Sie blickte sich immer wieder Beifall heischend um und gab sich, als würde Benni das Lied für sie singen!

Boah! Was bildete die sich nur ein??? Ich kam mit einem Mal wieder auf dem Boden an. Sogleich meldeten sich einige Zweifel.

Didi hatte nicht explizit durchgesagt, dass das Lied für mich sein sollte. Für das schönste Mädchen im Motorradclub war es gedacht.

Au weia! Das war in der Tat Nathalie.

Wenn Benni mich nur gefragt hatte, welches Lied ich hören wollte, um ein gescheites Lied für sie zu finden? Weil er sich nicht getraut hatte, sie persönlich zu fragen? Ich verfolgte seine Blicke.

Jetzt glotzte er in der Tat Nathalie an. O nein!!!

Das Lied neigte sich dem Ende zu. Was würde Benni machen?

Nathalie hob ihm ihre Hand entgegen, als erwarte sie einen Handkuss. Ich hätte kotzen können.

Meine Freundinnen, die ich mittlerweile über unsere Unterhaltung informiert hatte, verstanden gar nichts mehr. Sie blickten von einem zum anderen.

„Das ist ja süß von dir, Benni!", säuselte Nathalie.

Didi hob sein Mikrofon an und lachte: „Haha, das ist echt originell! Wie bist du auf die Idee gekommen, Nathalie gerade dieses Lied zu singen? Sie ist schon oft angemacht worden, aber bestimmt noch nie auf so eine Art und Weise!"

Benni schüttelte den Kopf.

„Das Lied ist nicht für Nathalie. Ich habe es für das schönste Mädchen im Motorradclub gesungen."

Didi staunte: „Ja, aber 99% der Männer hier würden definitiv Nathalie als die Schönste bezeichnen! Dann zeig uns doch mal, wen du meinst!"

Benni stieg strahlend von der Bühne, nahm mich an der Hand und zog mich hinter sich her, bis wir beide neben Didi standen.

„Sie ist es!", bekräftigte er.

Ich fühlte, wie mir das Blut kochendheiß in die Wangen schoss. Garantiert wurde ich knallrot wie eine reife Tomate.

Nathalie errötete ebenfalls, allerdings vor Wut. Sie stampfte mit einem Fuß auf, dass die Fransen an ihrem Stiefel nur so herumwirbelten, und machte sich vom Acker.

Mindestens acht Typen sprangen sofort auf, um ihr hinterher zu eilen.

„Das war echt süß von dir... Danke!", flüsterte ich und gab Benni ein Bussi auf die Backe.

Er strahlte.

Sabrina hüpfte auf und ab und klatschte in die Hände. Sie war schon ziemlich blau.

„Jetzt müssen wir aber auch was singen!", krakeelte sie. „Ich hab uns schon angemeldet!"

Oh no!!! Das konnte ja was werden. Ich nuckelte nervös an meinem Getränk, während ich auf unseren Auftritt wartete.

Benni zwitscherte indessen zu Sascha ab, als sei nichts gewesen, was mich erneut verunsicherte.

„Was haltet ihr von diesem Auftritt?", wandte ich mich an meine beiden Freundinnen.

Jessi hob ihren Zeigefinger.

„Also Mini… wenn du es jetzt nicht schnallst, dann schnallst du es nie!", kommentierte sie.

Sabrina kicherte und blubberte mit ihrem Strohhalm Blasen in den Wodka Kirsch.

„Ja, aber erst singt er mir den Song, und dann haut er ohne ein weiteres Wort wieder ab zu seinem großen Guru! Was soll ich denn bitte davon halten?", brauste ich auf.

Jessica nahm mich kopfschüttelnd in den Arm.

„Meine Liebe, findest du nicht, dass es jetzt an dir ist, etwas zu tun? Fassen wir zusammen: Im Wald hat Benni versucht, dich zu küssen. Dann singt er dir einen Song mit Durchsage und sagt sogar vor versammelter Mannschaft, dass du gemeint bist. Was soll er eigentlich noch machen? Er ist bestimmt selber unsicher und wartet darauf, dass du aktiv wirst!"

Hmmm, das könnte stimmen, überlegte ich. Bisher hatte ich ihm gegenüber noch nicht wirklich signalisiert, dass ich an ihm interessiert war. Ich beschloss, zu ihm rüber zu gehen und ihm meine Gefühle zu gestehen. Au weia!

„Und wenn er das alles doch nur freundschaftlich gemeint hat?", klagte ich, doch meine Freundinnen verschränkten beide Arme und schüttelten synchron die Köpfe.

Irgendwie erinnerten sie mich an die *Men in Black*. Na dann. Auf in den Kampf!

Ich schritt zielstrebig auf Benni zu, zögerte aber, als ich sah, dass er immer noch bei Sascha stand. Ach was soll´s, dachte ich und lief weiter.

„Benni, kommst du mal bitte kurz mit mir raus?",
piepste ich.

Sascha sah mich von oben herab an und lachte schallend.

„Oh Prinzesschen, was du dir nur wieder einbildest!", brüllte er. Ich sah verunsichert von einem zum anderen. Was war denn hier los? Zu allem Unglück wurde ich gerade jetzt aufgerufen, zusammen mit Sabrina unseren Song zu singen.

Mist! Also musste ich unverrichteter Dinge wieder zurück und auf die Bühne. Peinlicherweise wusste ich immer noch nicht, welches Lied Sabrina angemeldet hatte. Ich hoffte, dass sie schlau genug gewesen war, etwas Einfaches auszusuchen wie z.B. *Life is Life* oder *Lemon Tree*.

Das Intro wurde eingespielt, der Text poppte auf dem Bildschirm auf. Sabrina war nicht schlau genug gewesen. Sie hatte den *Titanic*-Song von *Celine Dion* gewählt. *My heart will go on*. Das war wirklich peinlich. Trotzdem musste ich da durch.

Glücklicherweise war Sabrina so blau, dass sie volle Möhre in ihr Mikro reinbrüllte.

Ich hielt mich im Hintergrund und bei den ganz schlimmen Passagen bewegte ich nur meine Lippen.

Der Nachteil war jedoch, dass die Zuhörer nicht wissen konnten, wer von uns Beiden so stark ins Mikro kreischte.

Als Sabrina „Youuuuu´re here, there´s nooooothing I fear" ins Mikro jammerte, kugelte sich Sascha bereits fast auf dem Boden.

Ohne Scheiß. Er lag auf seinen Knien, hatte beachtliche Schlagseite und hielt sich den Bauch vor Lachen.

Ich war zum gefühlt einhundertfünfundneunzigsten Mal sauer auf Sascha. Dieser Idiot!!! Und ich konnte nichts gegen unsere Blamage machen. Jetzt war ich noch entschlossener, Benni mit nach draußen zu schleppen und Tacheles zu reden. Lieber holte ich mir einmal eine kräftige Abfuhr ein und flog gewaltig auf die Schnauze, als länger diesen idiotischen Eiertanz mitzumachen!

Als der letzte Ton unseres Titanic-Desasters verklungen war, sprang ich mit einem Satz von der Bühne und eilte auf die beiden Kumpels zu. Ich wollte keine Sekunde zögern, damit meine Entschlossenheit, die durch die Wut über den sich immer noch vor Lachen am Boden kringelnden Sascha aufgeflammt war, nicht wieder ohne Resultat verpuffte.

Doch als ich bei Benni ankam, musste ich enttäuscht feststellen, dass er nicht mehr aufnahmefähig war. Er hing sturzbetrunken am Tresen, den Kopf in beiden Armen vergraben.

Ich versuchte es trotzdem.

„Benni!", sprach ich ihn an und schüttelte ihn ein bisschen.

Keine Reaktion.

Ich schüttelte ihn stärker.

„Benni!!! Ich möchte mit dir reden!", brüllte ich ihm ins Ohr.

Nun hob er vorsichtig den Kopf und öffnete ein Auge. Er konnte seinen Blick merklich nicht fokussieren.

„Hääää..?", gab er von sich und kotzte gleich darauf über den Barhocker.

Ich drehte mich auf dem Absatz um und stakste davon.

Sascha lachte unaufhörlich. Es liefen ihm richtige Lachtränen über die Wangen.

Meine beiden Freundinnen eskortierten mich zu meinem Zimmer.

„Na ja, was soll´s, morgen ist auch noch ein Tag!", versuchte Jessica, mich aufzumuntern.

„Genau, der Kasino-Abend! Das wird total super!", stimmte Sabrina ihr zu.

Ich war zu wütend, um irgendetwas zu sagen. Dieser blöde Sascha! Aber mit einem hatten die Beiden recht: Der Kasino-Abend würde mir sicher eine Gelegenheit bieten, um mit Benni zu reden.

Kapitel 5

Leider zerschlug sich meine Hoffnung auf den Kasino-Abend schneller, als ich gedacht hatte. Benni hatte sich eine Alkoholvergiftung zugezogen und war noch in der Nacht ins Krankenhaus abtransportiert worden, was ich erst am nächsten Morgen mitbekam, weil ich zum betreffenden Zeitpunkt bereits tief und fest geschlafen hatte.

So ein Mist! Bis ich Benni wieder sehen würde, würde es noch mindestens eine Woche dauern! Und selbst wenn er am vorigen Abend in mich verliebt gewesen sein sollte, so dachte ich, könnte sich das ja immer noch ändern! Ich sah vor meinem geistigen Auge schon mindestens drei vollbusige, blonde Krankenschwestern, die sich um meinen süßen, blauäugigen Benni scharten und es gar nicht erwarten konnten, ihn wieder auf die Beine zu bekommen.

Hatte ich das nicht neulich beim Durchzappen so ähnlich im Fernsehen mitverfolgt, als ich versehentlich an einem RTL-Spätabendfilm hängen geblieben war?

„Normalerweise geben wir den Patienten die Spritze, aber bei uns darfst du dich gesund spritzen!", hatten die Krankenschwestern dort zu ihrem Schützling gesagt und ihm dabei ihre entblößten Silikontitten ins Gesicht gestreckt.

Bäh! Es fehlte nicht viel, und ich hätte bei dieser Vorstellung über meinen Stuhl am Frühstückstisch gekotzt, wie Benni am vergangenen Abend über seinen Barhocker.

„Unser Prinzesschen sieht so angeekelt aus. Jetzt ist der gute, alte Benni garantiert aus dem Rennen!", tönte Sascha, wer auch sonst.

Er setzte sich zu Sabrina, die ihr Glück kaum fassen konnte. In seiner Gegenwart verwandelte sich meine Freundin jedes Mal in ein merkwürdiges Mäuschen. Sie konnte kaum mehr vernünftig sprechen, sondern quietschte und fiepte nur noch herum.

Ich rollte mit den Augen und wandte mich Carsten und Jessica zu.

„Habt ihr schon Urlaubspläne?", wollte ich von den Beiden wissen, worauf Carsten grinsend nickte.

„Ja, klar! Wir werden wahrscheinlich nach Island fliegen!", erzählte er freundlich.

Ich freute mich sehr für die Zwei. Sie waren wirklich ein süßes Pärchen.

„Wow, Island ist klasse! Da bekommt ihr sicher einiges zu sehen! Die Geysire und die Vulkane … Mensch, ich beneide euch!", gab ich ehrlich zu und machte mich dann über meine Cornflakes her.

Einer der älteren Rocker stellte sich in die Mitte des Saals und räusperte sich.

„Wir werden wie geplant heute Abend unseren Kasino-Abend veranstalten!", begann er und blickte in die Runde.

Mehrere nickten, einige johlten.

„Damit uns die Zeit bis dahin nicht zu lang wird, wollen wir uns den Tag mit einer Motorradausfahrt versüßen. Das Wetter ist herrlich. Wir können bis zur Lützenschlucht mit den Bikes fahren, dort ein wenig wandern und grillen. Alle, die zu verkatert sind, können natürlich auch an und in der Hütte bleiben. Gegen Abend werden wir übrigens zuerst ein lustiges Spiel spielen, während einige Leute den Saal für den Kasino-Abend umbauen."

Nach dem Frühstück befand sich die gesamte Truppe in Aufbruchsstimmung. Stühle wurden gerückt, Rucksäcke gepackt und einige stürmten bereits nach draußen zu ihren Maschinen.

Sabrina zog mich mit sich raus und schwärmte:

„Hachja, eine Motorradausfahrt, wie schön, dann kann ich endlich mal bei Sascha mitfahren!"

Ich schnaubte verächtlich.

„Mach das, diesem bescheuerten Arroganzling werde ich im Leben nicht mehr so nahe kommen!"

Auf den Ausflug hatte ich auch total Lust, aber ich wusste nicht, bei wem ich mitfahren sollte. Mein süßer Benni war ja leider nicht da. Sabrinas Bruder hatte einen derart schlimmen Kater, dass er immer noch in den Federn lag. Carsten und Jessi fuhren gemeinsam, Sabrina wurde voraussichtlich von Sascha mitgenommen und die anderen kannte ich bisher nur flüchtig.

Ob von denen jemand noch ohne Beifahrer war, wusste ich gar nicht. Ich machte mich von Sabrina los, die sich bei mir untergehakt hatte, und marschierte eine Runde um die Hütte.

Verstohlen blickte ich mich bei den geparkten Motorrädern um. Da kam tatsächlich eine Maschine für zwei Passagiere angefahren, auf der sich nur eine zierliche Person befand, die nun ihr Bike in einem geschickten Halbkreis zum Stehen brachte.

Diesen Fahrer könnte ich fragen!, dachte ich erfreut und steuerte zielstrebig auf die schnittige Straßenmaschine zu. Aber – o nein, jetzt nahm der Biker den Helm ab und schüttelte die langen, blonden Haare – es war Nathalie, die doofe Nuss!

Ich kniff meine Lippen zusammen. Bevor ich diese dämliche Zimtzicke fragen würde, würde ich lieber alleine auf der Hütte bleiben, so viel stand fest!

Mit einer einhundertachtzig-Grad-Drehung wirbelte ich herum und wollte schon Richtung Hütte zurückstürmen, da rannte ich schnurstracks in einen anderen Biker hinein, und wir krachten zu Boden. Wie peinlich!

„Holla, immer langsam mit den jungen Pferden!", lachte der Motorradfahrer und blickte mich amüsiert an.

Er hatte dunkelbraune Augen, kurze schwarze Haare, war recht groß und muskulös. Ich schätzte ihn auf Anfang 20.

Sympathisch, dachte ich mir.

„Hi! Ich bin Diana! Fährst du zufällig ein Bike?"

Etwas frech, ich weiß, aber Frechheit siegt manchmal. Und die Alternativen in-der-Hütte-hocken oder bei-Miss-Doofi-mitfahren gefielen mir nun mal ganz und gar nicht.

„Du gehst aber ran! Ja, ich fahre selbst. Und ja, ich fahre bisher allein!", gab der Umgerissene von sich. „Und übrigens, falls dich das auch noch interessieren sollte: Ich bin der Patrick!"

Ich nickte eifrig und zeigte ihm mein breitestes Zahnpasta-Lächeln.

„Darf ich bitte bei dir mitfahren?", bat ich ihn.

Patrick schaute belustigt zu Nathalie.

„Unsere Lady da drüben scheinst du nicht sonderlich zu mögen?"

Es war mehr eine Feststellung als eine Frage. Ich nickte schweigend. Patrick erklärte sich einverstanden, mich mitzunehmen. Ich strahlte. Das wäre also geritzt!

Der Ausflug war einsame Spitze. Patrick war ein guter, einfühlsamer Fahrer. Bei der Wanderung lief ich meistens bei ihm und wir unterhielten uns angeregt. Er hatte eine herrlich unkomplizierte Art.

Sabrina hing die ganze Zeit an Saschas Lippen, mit ihr konnte man nichts anfangen.

Da ich keine Lust hatte, in Saschas Nähe zu kommen, freute ich mich, Patrick als Gesprächspartner zu haben.

Jessica und Carsten befanden sich sowieso in einer Art Verliebtheits-Blase, in der sie nichts und niemanden wahrnahmen außer sich selber.

Es stellte sich heraus, dass Patrick ein Arbeitskollege von Carsten war und auch noch nicht wirklich viele Leute vom Motorradclub kannte. Ich merkte ihm an, dass er ebenfalls Gefallen an meiner Gesellschaft hatte. Am Tollsten fand ich, dass er mich nicht anbaggerte. Einen nervtötenden Verehrer hätte ich jetzt am wenigsten gebrauchen können.

Wir wanderten durch die Lützenschlucht. Ich konnte mich nicht satt sehen an dem herrlichen Panorama. Ein Wasserfall rauschte die Felsen herunter und ringsherum standen dicht belaubte Bäume. Die Vögel zwitscherten. Es war herrlich. Nur Benni fehlte.

Ich seufzte.

„Was ist denn mit dir? Du wirkst nicht besonders glücklich", stellte Patrick fest.

„O doch, mir gefällt die Wanderung sehr! Ich hab mir nur das Wochenende im Wesentlichen ein bisschen anders vorgestellt."

„Ah, verstehe!"

Ein wissendes Lächeln um seine Lippen.

„Du meinst ... etwas romantischer, oder? Stattdessen spazierst du jetzt mit einem ungehobelten Heavy-Metal-Typen durch die Wälder!", gröhlte er.

Ich gab ihm einen leichten Schubs.

„Erstens bist du kein typischer Heavy-Metal-Kerl, da fehlen die langen Haare", gab ich zurück, „zweitens höre ich selber sehr gerne diesen Musikstil. Und drittens: Es gibt nun wirklich Schlimmeres, als mit dir durch den Wald zu latschen!"

Ich sah mich um, ob wir außer Hörweite der anderen waren. Dabei bemerkte ich Saschas stechenden Blick. Ich sah ihm geradewegs in die Augen.

Meine arme Sabrina hatte sich bei ihm untergehakt und plapperte unentwegt auf ihn ein, während er sie gar nicht beachtete.

Ich warf Sascha einen bösen Blick zu. Sei bloß gut zu meiner Freundin, sollte dieser ihm sagen. Er schaute auch nicht gerade freundlich zurück.

Was er mir telepathisch mitteilen wollte, kapierte ich leider nicht. Wahrscheinlich war unsere mentale Verbindung zu schlecht.

Patrick zog mich sanft zur Seite, als neben mir plötzlich ein Ast auftauchte.

Ups, wo kam der denn her?

„Vorsicht, du wärst gerade beinahe gegen den herunterhängenden Ast gelaufen!", mahnte er mich. „Das kommt davon, wenn man in der Gegend herumstiert!"

Darauf wusste ich nichts zu entgegnen, sondern schüttelte nur den Kopf.

Wegen diesem Vollpfosten Sascha hätte ich mir doch glatt die Birne angestoßen, wenn Patrick nicht aufgepasst hätte.

Die restliche Wanderung verlief ohne größere Vorkommnisse.

Ich grübelte viel über Benni nach und ärgerte mich über die Maßen, dass ich es nicht einfach gewagt hatte, mit ihm zu reden, als er noch nüchtern gewesen war.

Jessi vergaß für kurze Zeit ihre Symbiose mit Carsten und gesellte sich ein Weilchen zu mir, während Patrick mit Carsten plauderte. Sie war ganz aus dem Häuschen, weil Patrick und ich uns so gut verstanden, und wollte uns natürlich verkuppeln.

Ich machte ihr klar, dass das ganz und gar nicht drin war. Bei Patrick handelte es sich zwar um einen sympathischer Kerl, aber ich war nun mal rettungslos in Benni verknallt und hatte kein Interesse an anderen Männern. Das sagte ich Jessica, als sie mich zum x-ten Mal löcherte.

„Dafür, dass du keine Augen für andere Typen hast, schaust du einen ganz bestimmten Kerl heute aber ziemlich oft an!", warf sie mir vor und knuffte mich in die Seite.

Mir fiel die Kinnlade herunter.

„Wen soll ich bitteschön anstarren?", blaffte ich sie an.

„Na, den Sascha! Das ist mir heute schon mehrfach aufgefallen!"

Ich lachte auf.

„Ha, ich glotz doch nicht diesen eingebildeten Sack an! Ich achte nur auf Sabrina! Ich pass auf sie auf und falls dieser Idiot sich blöd benimmt, werd ich ihm ordentlich was husten!"

Meine beste Freundin musterte mich mit hochgezogenen Augenbrauen.

„Soso … Mini … tztztz", kommentierte sie.

Abschließend gab sie mir noch einen Klaps auf den Po und eilte wieder zu ihrem Carsten zurück.

Ich war mehr als erfreut, als sich meine liebe Sabrina näherte.

Sie strahlte wie ein Glühwürmchen.

„Diana, stell dir vor, Sascha möchte sich mit mir treffen, wenn wir wieder zu Hause sind!", verkündete sie stolz.

Ich nahm sie in die Arme und gratulierte ihr.

„Na, dann klappt es ja vielleicht mit euch!", äußerte ich.

Ich versuchte, mich für sie zu freuen. Ich versuchte es wirklich. Leider gelang es mir nicht so recht. Bestimmt lag das an meiner verpassten Chance bei Benni.

Als wir wieder an der Hütte ankamen, dämmerte es.

Harald, der bereits am Morgen das Programm des Tages vorgestellt hatte, klatschte in die Hände und informierte uns darüber, dass wir nun so eine Art Räuber und Gendarm spielen sollten. Ein paar andere Altrocker hatten bereits ein größeres Areal für das Geländespiel abgesteckt, welches als Gefängnis dienen sollte.

„Um das Ganze noch ein bisschen interessanter zu machen, werden wir das Spiel variieren!" verriet unser Spielmeister Harald. Sabrina und ich blickten uns fragend an.

„Also: Unsere Mädels müssen sich in Acht nehmen, denn die Räuber brauchen schließlich etwas zum rauben. Aber unsere Damen stehen natürlich nicht ohne Hilfe da. Schließlich gibt es auch noch die Sheriffs: Die fangen die Räuber und beschützen die Ladies! Die Räuber lauern im Wald und die Mädels müssen einen von uns gekennzeichneten Pfad entlang laufen. Um den Weg zu sehen, dürfen sie nur ein Teelicht benutzen, welches sie in einem Glas mit sich führen. Achtung, ihr Räuber: So lange das Teelicht brennt, dürft ihr die Damen nicht schnappen! Ihr könnt jedoch versuchen, das Licht zu stehlen, auszupusten oder herunterzuwerfen. Wenn es dunkel um eure erwählte Lady ist, dürft ihr sie verschleppen. Aufgabe der Sheriffs ist nun, die Mädels zu beschützen und die Räuber zu fangen. Nun fehlt nur noch die Aufteilung, wer von euch einen Räuber und wer einen Sheriff spielen möchte. Die Frauen dürfen sich derweil in ihre Kostüme schwingen, die wir extra für dieses Spiel mitgebracht haben!"

Sabrina und ich sahen uns begeistert an.

Ich freute mich irre darauf, mich zu verkleiden, also raste ich direkt Richtung Hütte. Sabrina wäre gerne noch draußen geblieben, doch ich zog sie einfach mit mir. Ihre Protestschreie ignorierte ich vehement.

In der Hütte machte sie sich von meinem Griff los.

„Warum hast du es nur so eilig, zu den Kleidern zu kommen?", schnaubte sie entrüstet. „Jetzt weiß ich gar nicht, ob Sascha mich beschützen oder rauben wird!"

Ich lachte.

„Baby, ich möchte die freie Auswahl haben. Sonst schnappt sich unsere tolle Nathalie noch den besten Fummel! Und dein Sascha wird hundertprozentig Räuber, das ist ja mal so was von klar!"

Sabrina zuckte mit den Schultern.

„Wenn du meinst…"

Wie von mir erhofft, waren wir die Ersten am Klamottenkoffer. So konnten Sabrina und ich nach Herzenslust in den mittelalterlich anmutenden Roben herumwühlen. Bis die anderen Mädels die Kiste erreicht hatten, war ich bereits in das Kleid meiner Wahl hineingeschlüpft. Es handelte sich um ein bodenlanges, dunkelblaues Samtkleid mit eingenähten weißen Borten und langen Fledermausärmeln.

Ich drehte und wendete mich vor dem Spiegel und konnte mich an dem schönen Stück einfach nicht satt sehen.

„Schade, dass man so etwas nur in Ausnahmefällen tragen kann", bedauerte ich.

Sabrina lachte. Sie hatte sich ein einfaches Kleid ausgesucht, das im Mittelalter bestimmt von einem süßen Bauernmädchen getragen worden wäre. Die rot/weiß karierte Schürze und der knielange weiße Rock sowie die weißen Puffärmel passten recht gut zu Sabrina. Sie drehte ihre dunkelbraunen Haare zu zwei Schnecken auf und steckte diese am Kopf fest.

Meine Haare waren generell schwer zu bändigen. Ich flocht sie zu einem langen Zopf im Nacken, jedoch standen ein paar wirre Locken vorne heraus.

Nathalie stolzierte wie ein Pfau um die Kleiderkiste herum und verzog angewidert das Gesicht.

Wahrscheinlich war keine Klamotte gut genug für unser Prinzesschen. A propos Prinzesschen. Mir fiel just in diesem Moment ein, dass Sascha mich meistens so nannte. Wütend schüttelte ich den Kopf, als ich daran dachte. Dieser Spitzname passte ja noch weniger zu mir als Jessis ewiges „Mini". Es wunderte mich wirklich, wie Sascha darauf gekommen war. Bei Nathalie hätte ich es noch verstehen können, aber bei mir?

Sabrina schubste mich, so dass ich fast in die offene Kiste fiel.

„Was starrst du denn für Löcher in die Luft?", fragte sie.

Ich wisperte ihr zu: „Ich hab grad nur gemeine Sachen über unsere Mega-Tussi gedacht!"

Warum ich Sabrina anschwindelte, wusste ich ehrlich gesagt selbst nicht so recht. Wahrscheinlich wollte ich nicht, dass sie vermutete, meine Gedanken würden ständig um Sascha kreisen.

Ich strich meinen Rock glatt und dachte traurig an Benni.

Wie schön, wenn er jetzt hier wäre, dachte ich.

Er hätte sicher einen verwegenen Räuber abgegeben und mich in den Wald gezerrt. Ich hätte mein Teelicht natürlich sofort freiwillig in die Büsche geschmissen, sobald er auf mich zugerannt wäre!

Als alle Damen umgezogen waren, versammelten wir uns vor der Hütte zur Teelicht-Ausgabe. Die Räuber hatten sich schon in den Wald verzogen, um sich auf die Lauer zu legen. Unsere Sheriffs waren ebenfalls im Wald unterwegs. Weder die Räuber noch die Sheriffs durften Lampen tragen, womit nur der schwache Schein unserer Teelichter die Sicht freigab.

Ich fühlte mich wie ein kleines Kind und konnte den Start des Spiels kaum erwarten.

Nathalie blickte affektiert um sich.

Das rote Kleid, das sie trug, hatte ich auch kurz in der Hand gehabt, aber es war mir zu langweilig gewesen.

Nathalie hatte jedoch eine wirklich geniale Idee gehabt, um das Kleid aufzuwerten. Sie hatte es am Rockteil an der Seite geschlitzt und einen Teil davon hochgebunden, so dass eins ihrer Beine neckisch hervorlugte. Dazu hatte unser Doro-Pesch-Lookalike einen Ledergürtel um ihre Hüften gebunden, welcher dem Kleid einen raffinierten Sitz verlieh.

Außerdem konnte sie so besser laufen als ich. Mein langer Rock war zwar chic, aber hinderlich auf dem Waldweg.

Nathalie sah richtig umwerfend aus, das musste ich neidvoll anerkennen.

Gut, dass Benni nicht da ist und sie so nicht sieht, dachte ich. Sabrina schielte ebenfalls bewundernd zu Nathalie rüber. Sie wirkte reichlich resigniert.

„Sie ist hinter Sascha her und hat sich bestimmt nur für ihn so aufgebrezelt!", bemerkte sie traurig.

Ich nahm meine Freundin in den Arm.

„Mach dir nichts draus! Sie hat bei Sascha null Chance, das garantiere ich dir!", versicherte ich ihr. „Los jetzt, wir sind gleich dran!"

Im Abstand von etwa zwei Minuten wurden die Mädels auf die Strecke geschickt. Vor uns gingen nacheinander zwei dickliche Mittvierziger-Frauen mit zittrigen Händen. Offensichtlich waren sie genauso freudig aufgeregt wie ich.

Jessi hatte sich mit Carsten verzogen. Sie hatte keine Lust, mitzuspielen. Meine aufgeräumte, ordentliche Jessi. Das war echt typisch für sie.

Ich hingegen musste mich beherrschen, um nicht vor Begeisterung herumzuquietschen. Am Liebsten hätte ich mich wie ein junges Fohlen auf den Boden geworfen und mich vor Vergnügen hin- und hergewälzt.

Als Harald mir endlich mein Startsignal gab, strahlte ich. Vorsichtig folgte ich dem schmalen Pfad, der mit einigen Markierungen versehen war. Ich sah mich um, doch ich konnte nur die jeweils nächsten Schritte meines Wegs ausfindig machen, ansonsten war alles in schwärzeste Finsternis getaucht.

Keine Ahnung, ob sich ein Sheriff in meiner Nähe aufhielt oder ob gerade ein Räuber auf mich zustürmte.

Das nächste Teelicht befand sich schon in beachtlicher Entfernung vor mir. Das musste Sabrina sein, offensichtlich wurde sie von einem Sheriff gut beschützt.

Ich erschrak zutiefst, als es neben mir im Gebüsch raschelte und mich ein schwarzer Schatten von der Seite ansprang! So schnell, wie mir das Teelicht aus der Hand gerissen wurde, konnte ich gar nicht reagieren.

Wortlos schnappte mich der Räuber und zog mich vom Weg in den Wald hinein. Er hielt mir von hinten mit der flachen Hand den Mund zu und drückte mich fest an sich.

Ich wusste sofort, dass der Räuber Sascha war – keine Ahnung, warum.

Wahrscheinlich verspürte ich aus diesem Grund ein bisschen Angst. Was war, wenn er sich jetzt für meine spitzen Bemerkungen vom Karaoke-Abend rächen wollte? Immerhin musste er in den Büschen speziell auf mich gewartet haben. Au weia!

Der Räuber zerrte mich immer tiefer in den Wald hinein. Mein Herz klopfte zum Zerspringen. Die kühle Nachtluft jagte mir einen Schauer über den Rücken, oder lag das an der Aufregung?

Als wir den Eingang einer kleinen Höhle erreichten, lockerte mein Entführer den Griff und raunte mir „Ganz ruhig, Prinzesschen" ins Ohr.

Alles klar. Es war definitiv Sascha.

Ich drehte mich zu ihm um und versuchte, ihm in die Augen zu schauen. Mittlerweile hatte ich mich an die Dunkelheit gewöhnt.

Ich konnte nicht nur den Umriss von Sascha erkennen, sondern auch sein Outfit. Er hatte sich in einen Tarnanzug geschmissen und trug eine Sturmhaube, so dass nur seine Augen zu sehen waren.

„Na, du nimmst deine Rolle als Räuber aber ernst!", kicherte ich, verstummte jedoch gleich wieder, als er sanft meine Hände über meinen Kopf nahm und mich an die kühle Felswand drückte.

Sein Gesicht war ganz dicht vor meinem. Ich spürte seinen Atem heiß und keuchend an meiner Stirn. Man hörte nur das Zirpen einiger Grillen.

Wir sahen uns tief in die Augen.

In meinem Bauch fühlte es sich an, als würde ich in einer Achterbahn sitzen. Was passierte hier nur?

Plötzlich küsste er mich.

Ich hatte es irgendwie erwartet. Umso überraschte es mich, dass es mich nicht störte, dass ich mich nicht wehrte.

Noch immer hielt er meine Hände über meinem Kopf.

Ich erwiderte den Kuss, ohne darüber nachzudenken. Junge, Junge, der Kerl verstand etwas vom Knutschen!

Langsam löste er sich von meinen Lippen, hielt mich aber weiterhin fest.

Genau in dem Moment stürmten johlend zwei Sheriffs herbei, die sich auf Sascha stürzten.

Ich stieß mich an dem glatten Felsen ab und flüchtete zurück zum Pfad, wobei ich mich in meinem langen Rock verhedderte und prompt ins kühle Moos fiel.

„Scheiße!!!", brüllte ich, vor allem aus Wut auf mich selber.

Was hatte ich nur getan? Mit dem besten Kumpel meines Schwarms herumgeknutscht. Noch schlimmer: Mit dem Mann, in den eine sehr gute Freundin verliebt war. Was war ich nur für ein Arschloch!

Jessi hat ganz recht, dass sie mich ständig Mini nennt, dachte ich, während ich mich aufrappelte und den Rock hochraffte, um schneller rennen zu können.

Eigentlich bestand kein Grund zum Sprinten, doch ich wollte so schnell wie möglich weg von dem Ort meiner Missetat. Völlig abgehetzt kam ich an der Hütte an.

Glücklicherweise war ich nicht die Letzte. Es herrschte allgemeiner Trubel und großes Gegröhle und Gekreische ringsum.

Nach wie vor wurden Frauen vom Weg geraubt und Räuber von Sheriffs überwältigt.

Ich nutzte das allgemeine Durcheinander, um mich auf die Toilette zu schleichen und das Kleid etwas zu säubern. Nervös suchte ich im Spiegel mein Gesicht nach verräterischen Zeichen ab. Außer, dass meine Wangen ziemlich rot waren, sah ich eigentlich ganz normal aus. Man sah mir meinen Ausrutscher nicht an. Gut so. Ich spritzte mir vorsichtshalber noch zwei Hände voll Wasser ins Gesicht und suchte anschließend die anderen auf.

Inzwischen hatten sich sämtliche Teilnehmer vor der Hütte versammelt. Sabrina war ebenfalls geraubt, aber von Patrick befreit worden. Er hatte die meisten Räuber gefangen, womit er den Titel „Obersheriff" erhielt. Einer der Räuber, ein etwa 40jähriger Mann, umklammerte Nathalies Oberarm mit beiden Händen und grinste breit, während er sie lüstern anstarrte. Der Ekel stand ihr ins Gesicht geschrieben.

Ich kicherte in mich hinein. Wenn die wüsste!

Es wurde auch der Titel „Räuberhauptmann" verliehen. Er ging an einen schlanken Mittdreißiger mit blondem Wallehaar. Der Hüne hatte sich gleich zwei Ladys geschnappt, war mit beiden flüchtig geblieben und somit der unumstrittene Sieger.

Sowohl Obersheriff als auch Räuberhauptmann bekamen als Siegespreis je einen Kasten Bier der Marke Zwiefalter Exclusiv.

Ich wagte es kaum, zu Sascha hinüberzuschauen. Voller Angst erwartete ich, dass er das Gespräch mit mir suchte und mir eine heißglühende Liebeserklärung machte.

Doch nichts geschah. Im Gegenteil: Er mied meine Nähe und es hatte den Anschein, als wäre nie etwas passiert.

Das bestätigte mich in meiner Vermutung, dass ich für Sascha nichts weiter als eine Trophäe war, der er sich jetzt – nach meiner Erwiderung seines Kusses – sicher war. Somit war ich für ihn genauso uninteressant wie der Rest geworden. Unendliche Wut kochte in mir hoch. Dieser Vollidiot! Ihm war es piepegal, dass sein bester Kumpel eigentlich dabei war, mit mir anzubandeln. Und das nur, damit er einen weiteren Strich auf seiner Liste machen konnte! Aber nicht mit mir!

Ich ignorierte ihn ebenfalls und alberte sowohl mit Sabrina als auch mit Jessica herum. Wir gingen in unseren Schlafsaal, um uns für den Kasino-Abend umzuziehen.

Ich hatte ein bodenlanges Glitzerkleid eingepackt, dazu hohe Riemchensandalen in schwarz. Eigentlich hatte ich nach dem Spiel genug von bodenlangen Kleidern, aber nun musste ich ja nicht mehr herumrennen. Zumindest hatte ich das nicht vor.

Während Jessi und ich mit Patrick und Carsten am Roulette-Tisch standen und die Kugeln beobachteten, konnte ich in Ruhe über die Situation mit Sascha nachdenken.

Im Wald war das Ganze sehr aufregend gewesen, aber ich war mir sicher, nicht ernsthaft etwas von ihm zu wollen. Verletzungen hatte eigentlich nur mein Stolz davongetragen. Ich verspürte keinerlei

Bedürfnis zum Heulen. Ich wollte den ollen Schürzenjäger viel eher mit meiner Halskette erwürgen.

Sascha sah schon sehr gut aus und hatte zugegebenermaßen auch das gewisse Etwas, doch ich war nach wie vor in Benni verliebt. Dass Sascha nichts von mir wollte, machte alles um ein Vielfaches einfacher. So musste ich nicht mit ihm herumdiskutieren und mir erst recht keine Gedanken machen, ob ich mir eine Beziehung mit ihm vorstellen könnte. Das konnte ich in der Tat nicht. Er war ein unverbesserlicher Weiberheld und würde sich wohl auch nie ändern.

Er hatte sich mittlerweile wieder Sabrina zugewandt, frei nach dem Motto Das Feuer am Lodern erhalten.

Der Kasino-Abend gestaltete sich sehr lustig.

Patrick und ich machten uns einen Spaß daraus, uns wie Lord und Lady in einem Saloon zu benehmen.

Er hob mich mit beiden Armen hoch und rief „Yeeehaaa", worauf ich ihm lachend um den Hals fiel.

Gleich darauf knickste ich übertrieben vor ihm und zwinkerte ihm zu. Das irritierte einige um uns herum.

Ich fing Saschas verblüfften Blick auf, als ich auf Patricks Hinterteil klopfte.

Ha! Da konnte er mal sehen!

Patrick beugte sich zu meinem Ohr herunter.

„Können wir draußen mal kurz unter vier Augen miteinander sprechen?", flüsterte er.

Ich war entsetzt. Patrick hatte sich doch hoffentlich nicht in mich verknallt! Na, da musste ich jetzt durch.

Ich nickte, nahm ihn beim Arm und wir schlüpften nach draußen. Ich musste meine ganze Willenskraft aufbieten, um mich nicht nach Sascha umzudrehen.

Es hätte mich sehr interessiert, ob er uns nachsah. Das konnte mir aber keiner verraten.

Draußen wagte ich kaum, Patrick anzusehen.

„Was ist los?", wollte ich wissen.

Er lachte verlegen.

„Ich brauche deine Hilfe. Ich glaube, ich hab mich verliebt."

O nein!!! Aber wieso meine Hilfe? Ich wusste nicht, was ich darauf sagen sollte.

Nach einer kurzen Pause plapperte Patrick weiter.

„Deine Freundin Sabrina! Sie ist so was von süß und total lieb! Aber sie beachtet mich nicht. Was kann ich tun?"

Erleichtert fiel ich meinem neuen Kumpel um den Hals.

„Was bin ich froh! Ich hatte schon befürchtet, du hättest dich in mich verknallt! Es ist so schön, dass wir uns kennen gelernt und angefreundet haben! Gerne helfe ich dir bei Sabrina! Leider ist sie selbst schon ziemlich verschossen."

Patrick seufzte.

„Ich weiß. In Sascha. Das sieht ein Blinder mit Krückstock!"

„Ja, und so lange er ihr Hoffnungen macht, wird sich das auch nicht so schnell ändern!"

Wenn ich Sabrina von seinen Übergriffen erzählen würde, wäre sie sicher nicht mehr so begeistert von ihm – aber dann hätte ich auch eine Freundin weniger, dachte ich. Kurz zog ich in Erwägung, Patrick von Saschas Überfall zu berichten, entschied mich jedoch dagegen. So gut kannte ich ihn einfach noch nicht.

Stattdessen sagte ich: „Das bekommen wir schon noch hin!"

Nach Patricks Geständnis kehrten wir wieder in die Hütte zurück. Sascha hatte sich inzwischen Nathalie zugewandt, was die arme Sabrina völlig verunsicherte. Sie stürzte sich sofort auf mich, als sie mich sah.

„Was soll das nur wieder von ihm? Erst hat er mit mir geflirtet, und jetzt schäkert er mit dem blonden Gift!", jammerte sie.

Ich war echt sauer auf diesen albernen Schürzenjäger.

„Der bekommt den Hals einfach nicht voll! Kennst du im Zirkus diese Artisten, die mehrere Jonglierstangen nebeneinander aufstellen mit jeweils einem Teller oben drauf? Die schubsen auch immer wieder die Stangen an, damit die Teller weiter kreisen und keiner herunterfällt. Genau so kommt mir Sascha vor. Die Mädels sind seine Teller!", entfuhr es mir.

Anscheinend drückte mein Tonfall genau aus, wie wütend ich auf ihn war, denn Sabrina starrte mich verblüfft an.

„Du steigerst dich ja mir zuliebe richtig rein! Und das, obwohl er der beste Kumpel von deinem

Süßen ist! Hast du keine Angst, dass er Benni gegen dich aufhetzen könnte?"

Diese Angst hatte ich in der Tat, aber aus anderen Gründen, die ich logischerweise nicht nennen konnte. Andererseits wäre Sascha wohl kaum so blöd, Benni von unserem Kuss zu erzählen, denn damit hätte er sich selbst als sauschlechter Kumpel ausgewiesen.

Ohne auf Sabrinas Frage einzugehen, wandte ich mich zum Gehen.

„Ich bin müde. Die Rennerei im Wald hat mich wohl mehr geschafft, als ich gedacht hätte. Sollte wohl mehr Sport machen!", konstatierte ich und ließ Sabrina einfach stehen.

Ich wollte allein sein. Am Liebsten wäre ich umgehend nach Hause gefahren. Zum Glück musste ich nur noch den nächsten Morgen überstehen, dann konnte ich mit dem Zug zurückfahren.

Ach herrje! Um zum Bahnhof zu gelangen, musste ich ja wieder bei Sascha aufs Motorrad! Die einzige Alternative wäre Nathalie, aber lieber wäre ich in eine Grube mit Schlangen und Spinnen gesprungen.

Die Ereignisse des Tages hatten mich in der Tat so sehr geschafft, dass ich ruckzuck einschlief, kaum dass mein Kopf das Kissen berührte.

Am nächsten Morgen wachte ich sehr früh auf. Es war draußen noch dunkel. Leider konnte ich in der Dunkelheit die Zeiger meiner Uhr nicht sehen.

Um die anderen nicht zu wecken, wollte ich kein Licht machen, also krabbelte ich auf allen Vieren in die Richtung, in der ich die Tür vermutete. Prompt stieß ich mit meinem Kopf gegen eine Wand. Ich wartete, bis sich meine Augen etwas an die Finsternis gewöhnt hatten, dann tastete ich mich zur Tür und hinaus in den Flur. Ich zog mir meine Jacke über den Schlafanzug an, schlüpfte in meine bequemen Tennissneaker und trat aus der Hütte in die stille Waldnacht.

Draußen war es durch das Licht des Mondes etwas heller als in der dunklen Hütte und so konnte ich endlich einen Blick auf meine Uhr erhaschen: 3.50 Uhr.

Na klasse. Eine Zeit, zu der noch nicht mal die Hühner aufstehen! Wenn ich arbeiten müsste, würde ich nie im Leben so früh aufwachen, dachte ich.

„Na, kannst du auch nicht schlafen?"

Ich erschrak zutiefst.

Unweit der Hütte lehnte Sascha an einem Baumstamm und glotzte mich an.

O nein, auch das noch!

„Da kann ich mir ja glatt was drauf einbilden!", schob er hinterher, nachdem ich erst mal nichts entgegnen konnte.

„Blödsinn!", zischte ich ihn an, „Mit dir hat das rein gar nichts zu tun! Ich … bin einfach Frühaufsteher und möchte ein bisschen morgendliche Bewegung haben!"

Sascha lachte laut und schallend.

„Nicht!", warnte ich. „Du weckst ja das ganze Haus auf!"

„Ach wo, das sind Biker, die würde nicht mal ein Kanonenschlag wach bekommen!"

Er musterte mich breit grinsend von oben bis unten.

„Morgendliche Bewegung, Prinzesschen? Im Schlafanzug?"

Verdattert blickte ich an mir herunter. Scheiße, ich hatte in der Tat meinen Pyjama an! Weil ich Rücksicht auf die anderen genommen hatte und nichts als raus wollte. Weil ich doch im Leben nicht damit gerechnet hätte, so früh schon einer Menschenseele zu begegnen. Jetzt nur nicht einknicken.

„Klar, im Schlafanzug!", gab ich so bestimmt wie möglich zurück. „Meinst du, ich krame in meinem Zeug herum und störe die Mädels beim Schlafen?"

„Wie auch immer. Magst du ein bisschen spazieren gehen?"

Das kam unerwartet.

Ich konnte ja schlecht „Nein, such dir deinen eigenen Waldweg" sagen. Also nickte ich stumm und trottete neben Sascha her.

Nachdem wir eine Weile wortlos nebeneinander hergelaufen waren, hielt ich es nicht mehr aus.

„Ich möchte mal eins klarstellen!"

Ich drehte mich zu Sascha um, woraufhin er stehen blieb und mich ruhig anblickte.

„Das gestern hat überhaupt nichts zu bedeuten. Du kannst dir ja denken, dass ich in deinen besten Kumpel verknallt bin, und das schon seit einer ganzen Weile. Ich hoffe, du bist so fair und erzählst ihm jetzt keine Märchen!"

Ich erwartete fast, dass Sascha gekränkt reagieren würde. Allerdings machte er eher einen amüsierten Eindruck.

„Ja ja, Benni und du, das absolute Dreamteam!"
Er versuchte nicht mal, sein Kichern zu unterdrücken.

„Keine Sorge! Ich werde dich schon nicht verraten, du Fremdknutscherin! Und außerdem: Du brauchst dir gleichfalls nichts einzubilden. Sooo umwerfend bist du nun auch wieder nicht! Aber so ein bisschen just for fun, was ist schon dabei?"

Jetzt war ich gekränkt, wollte es aber nicht zeigen. Genau so hatte ich Sascha doch sowieso eingeschätzt, oder etwa nicht?

„Na, dann wäre das ja geklärt. Meinst du, du kannst mich morgen zum Bahnhof mitnehmen?"

Sascha tat so, als müsse er erst nachdenken. Dann grinste er breit und erklärte:

„Na ja, der Bahnhof bringt nicht viel, da sonntags hier keine Züge halten. Aber ich kann dich gern die ganze Strecke mitnehmen. Wenn du willst."

„Ja, ok! Vielen Dank!"

Eigentlich ist er ja doch ganz nett, dachte ich.

Den Rest des Weges gingen wir schweigend nebeneinander her.

Ich schlüpfte still zurück ins Mädchenzimmer und legte mich auf meine Matratze. Dort erst fiel mir auf, dass ich spontan Sascha gefragt hatte, obwohl ich theoretisch die Möglichkeit gehabt hätte, bei Patrick mitzufahren. Darüber wollte ich nicht wirklich nachdenken. Draußen hörte ich eine Amsel ihr Morgenlied zwitschern. Mit einem Lächeln auf den Lippen schlummerte ich noch mal ein.

Als ich erneut aufwachte, schien die Sonne hell durch die Fenster herein. Ich hatte gepennt wie ein

Stein und gar nicht bemerkt, dass alle anderen bereits aufgestanden waren!

In Windeseile machte ich mich frisch, zog mich an und stürmte in den Frühstückssaal, in dem nur noch ein älterer Rocker saß.

Der lächelte mich an und brummte gutmütig:

„Guten Morgen, Langschläferin! Auch schon auf? Dann musst du dich aber beeilen!"

Ich warf ihm ein schnelles „Danke" zu, schnappte mir ein Brötchen und legte eine Scheibe Salami quer drüber, damit es schneller ging. Ich befürchtete schon, Sascha habe mich stehen lassen und ich müsste mich nun selber darum kümmern, wie ich nach Hause kommen würde. Panisch hetzte ich nach draußen.

Dort standen alle im Sonnenschein und plauderten angeregt miteinander. Alle – außer Sascha.

„Hihi, da kommt ja Schlafmütze Nummer eins! Mensch, Diana, es gibt nur eine Person, die noch länger schläft als du! Es ist übrigens halb zwölf!", begrüßte mich Sabrina fröhlich.

Bevor ich fragen konnte, wer Schlafmütze Nummer zwei war, plapperte sie direkt weiter:

„Ich hoffe, du bist nicht böse, dass ich mit Patrick schon ausgemacht habe, bei ihm mitzufahren! Da Sascha immer noch in den Federn liegt und du auch gerade erst aufgestanden bist, dachte ich mir, es passt ganz gut, wenn er dich mitnimmt. Wir wollen in den nächsten zehn Minuten losfahren und dir macht es sicher nichts aus, auf unsere schlafende Schönheit zu warten! Immerhin musst du noch packen. Mein Bruder ist leider schon aufgebrochen."

Ich kam bei Sabrinas Redefluß überhaupt nicht dazu, auch etwas zu dem ganzen Thema zu sagen, also nickte ich nur. Wenigstens musste ich mir nun keine Gedanken mehr machen. So, wie sich die Dinge zwischenzeitlich entwickelt hatten, blieb mir in der Tat keine andere Wahl mehr, als bei Sascha aufs Motorrad zu klettern.

Als Sabrina verstummte, wunderte sie sich, dass ich gar nichts entgegnete. Sie stupste mich vorsichtig an.

„Schläfst du noch? Oder bist du sauer? Ich weiß ja, dass du Sascha nicht besonderes gut leiden kannst, aber er ist immerhin Bennis bester Freund. Da kann es nicht schaden, wenn ihr euch vertragt, oder?", schob sie hinterher.

Ich grinste.

„Du hast recht! Vielleicht machen wir noch einen Abstecher im Krankenhaus vorbei!"

Sabrina umarmte mich stürmisch.

Benni mit Sascha zusammen zu besuchen, hielt ich nicht wirklich für eine gute Idee. Ich hatte jedoch solch ein schlechtes Gewissen Sabrina gegenüber, dass ich ihr irgendwie signalisieren wollte, dass ich nach wie vor an Benni interessiert war und nicht an ihrem heißgeliebten Sascha.

Ich setzte mich auf die Treppenstufen am Eingang und dachte an Benni.

Schade, dass das Wochenende so ganz anders verlaufen ist, als ich es mir erhofft habe, sinnierte ich und knabberte an meinem Brötchen.

Plötzlich haute mir jemand von hinten so kräftig auf die Schulter, dass ich mich beinahe verschluckte. Ich drehte mich um – natürlich war es Sascha.

„Bist du startklar, Prinzesschen?", fragte er in seinem bescheuertsten Macho-Ton.

Ich erhob mich so würdevoll wie möglich und funkelte ihn an.

Noch bevor ich etwas erwidern konnte, legte er seinen Kopf in den Nacken und lachte ausgiebig.

Wie hatte ich nur beim Spaziergang denken können, er wäre doch ganz nett! Unmöglich!

Ohne ein weiteres Wort zu verlieren, eilte ich die Treppe hinauf in mein Zimmer, um zu packen. Ich war so wütend, dass ich wahllos sämtliche Klamotten in meinen Rucksack hineinwarf, ohne mir die Mühe zu machen, diese zusammenzulegen. Ich wollte nur noch so schnell wie möglich nach Hause.

Kurz hielt ich inne und dachte an Benni. Wie er auf der Bühne gestanden hatte und betonte, dass sein gesungenes Lied extra für mich gewesen war! Ich musste breit grinsen und drückte das Kleidungsstück an mich, welches ich gerade in den Fingern hatte. Passenderweise war es sogar mein Outfit vom Karaoke-Abend. Nun musste ich nur noch diese blöde Motorradfahrt heil überstehen!

Unten wartete Sascha an seine Maschine gelehnt. Das schwarze Chrom glänzte, als ein Sonnenstrahl direkt darauf schien. Alle anderen waren schon weggefahren.

Ich schwieg Sascha trotzig an.

Er gab ebenfalls keinen Mucks von sich und kaute auf einem Grashalm herum.

Als ich sein Motorrad fast erreicht hatte, schwang er sich lässig drauf und umfasste den Lenker mit beiden Händen.

Ich setzte mich hinter ihn und fasste ihn an den Hüften. Auf keinen Fall wollte ich ihn umarmen!

Immer noch ohne ein Wort zu sagen, startete Sascha seine Maschine, die laut aufheulte.

Der Himmel hatte sich zwischenzeitlich zugezogen. Es war nur noch ein schmaler Streifen blau zu sehen, ansonsten hingen dicke schwarze Wolken über uns.

Ein treffenderes Wetter für die Spannung zwischen Sascha und mir könnte es nicht geben, dachte ich.

Er fuhr abrupt los, so dass ich mich reflexartig an ihn klammerte. Nun umarme ich ihn ja doch, ärgerte ich mich im Stillen.

Seine Motorradjacke roch nach Leder und Saschas Parfüm.

Bestimmt so ein Poser-Duft wie *Davidoff Coolwater*, kam es mir in den Sinn.

Jeder Muskel an ihm war angespannt, soweit ich das durch die Motorradkluft spüren konnte. Er fuhr einen ziemlich heißen Reifen. Ha, wahrscheinlich will er mir Angst machen. Das schafft er nicht! überlegte ich trotzig, aber mulmig war mir doch zumute.

Die Blöße, ihn um eine langsamere Fahrt zu bitten, wollte ich mir allerdings nicht geben. Ich hoffte, dass wir bei mir ankommen würden, bevor der Regen kam, der unübersehbar in der Luft lag.

Die Fahrt kam mir unendlich lang vor. Sascha war ein sicherer Fahrer. Trotz der hohen Geschwindigkeit ging er keine Risiken ein, überholte nicht, fuhr auch nicht zu schnell in den Kurven. Als vor uns ein etwas älterer Herr mit ungefähr 60 km/h auf der Landstraße tuckerte, atmete ich trotzdem auf, denn Sascha verlangsamte nun ebenfalls, anstatt zu überholen.

Ich lockerte meinen Griff, woraufhin er sich zu mir umdrehte. Ich konnte durch das Visier des Helms nur seine Augen sehen. Mir entging nicht, dass diese vergnügt aufblitzten.

Ich musste für ihn eine unendliche Belustigung sein – ungefähr so, wie wenn ich mir Talkshows anschaute mit irgendwelchen dümmlichen Tussis, die Sprüche raushauten wie „Mein Mann muss alles für mich bezahlen, schließlich darf er mich ja auch anschauen. Ich benötige wöchentlich 300,- DM für Schminke und Klamotten!" Darüber konnte ich mich jedes Mal schlapp lachen.

Ich grinste Sascha an, was er durch mein Visier nicht sehen konnte.

Als wir durch Tübingen fuhren, blitzte es zum ersten Mal. Kurz darauf kam der Donner.

Ich zuckte erschrocken zusammen.

Sascha sagte irgendwas, das ich durch den Motorradlärm nicht hören konnte, und klopfte mir mit einer Hand auf den Oberschenkel. Daraufhin beschleunigte er stark. Wir waren mittlerweile an der Bundesstraße angekommen. Es war nicht mehr weit bis zu mir. Betzingen befand sich sozusagen in greifbarer Nähe. Kurz, nachdem wir die Ausfahrt passiert hatten, setzte der Hagel ein.

Bei mir angekommen, sprangen wir beide von der Maschine und stürmten unter das Vordach. Die Hagelkörner prasselten geräuschvoll über uns hernieder. Es schepperte so laut, dass ich schon befürchtete, die Dachziegel würden zerspringen.

Sascha nahm seinen Helm ab und lachte.

„Na, das war ja was! So kann ich vorerst nicht weiterfahren. Gibst du mir ein bisschen Asyl, Prinzesschen?"

Ich nickte. Auch das noch! Das durfte echt nicht wahr sein! Doch das musste selbst Sabrina einsehen, dass ich Sascha nicht hätte im Hagel stehen lassen können. Also bat ich ihn rein.

„Mach es dir bequem, ich muss mich nur kurz trockenlegen!", rief ich ihm zu und verschwand im Bad.

Ich stellte mich schnell unter die heiße Dusche, was richtig gut tat nach der Motorradfahrt. Anschließend zog ich mir einen bequemen Hoodie und eine Jeanshose über. Scheiß auf die Mode. Es war ja nur Sascha und nicht Benni.

Als ich zurück ins Wohnzimmer trabte, hatte Sascha sich bereits aus seiner Motorradkluft geschält, saß auf dem Sofa und blätterte in einer Joy. Ich machte zwei Tassen Tee und setzte mich zu ihm. Leider hatte der Hagel sich in starken Regen umgewandelt und das Gewitter war nach wie vor in vollem Gange.

Sascha erhob sich grazil und blickte sich interessiert in meiner Wohnung um.

„So wohnst du also!", bemerkte er, während er an meinen Regalen entlang schlenderte.

Ich zog kurz in Erwägung, mit ihm über Benni zu reden, doch das schien mir irgendwie nicht angebracht.

Als hätte er meine Gedanken gelesen, sagte er:

„Das mit Benni kannst du dir übrigens abschminken!"

Mir blieb der Mund offen stehen. Kraftlos ließ ich mich auf mein Sofa plumpsen. Das weiche Polster sank etwas ein.

„Wie kannst du so was sagen? Er hat mir ein Lied gesungen! Und vor allen anderen zugegeben, dass es für mich war!"

Es fehlte nicht viel, und ich hätte vor Wut mit dem Fuß aufgestampft wie ein kleines Kind. Stattdessen machte ich es mir seitlich auf meinem Sofa bequem und zog die Beine an mich heran, so dass meine Füße ebenfalls Platz auf dem weichen Polster fanden.

„Glaub mir, Benni ist nichts für dich. Er merkt halt, dass du auf ihn stehst, und hält dich warm. Das sieht übrigens sogar ein blindes Huhn mit Augenbinde, wie sehr du hinter ihm her bist. Andererseits – so wie du mich geküsst hast, scheinst du doch nicht SO sehr in ihn verliebt zu sein!"

„Boh das kann ja wohl nicht wahr sein, was bildest du dir ein? Du hast mich geküsst, nicht umgekehrt! Ich könnte mir keinen eingebildeteren Gockel …"

Weiter kam ich nicht, denn Sascha hatte sich blitzschnell auf mich geworfen und küsste mich schon wieder.

Darauf war ich nicht vorbereitet. Ich machte nicht mit, aber ich wehrte mich auch nicht.

Er hielt inne und wisperte:

„So wie jetzt eben? Und dir gefällt das nicht? Dich lässt das völlig kalt?"

Durch sein plötzliches Draufspringen war ich auf dem Sofa hintenübergekippt und lag nun äußerst unzüchtig unter Sascha auf der Sitzfläche meines Sofas.

Draußen zuckten die Blitze und auch in mir tobte eine Art Gewitter. Was war nur los mit mir? Ich konnte ihn doch überhaupt nicht leiden, diesen arroganten Schönling!

Wieder küsste er mich, diesmal sanft und zärtlich.

Reflexartig erwiderte ich den Kuss. Was war, wenn Sascha recht hatte? Wenn Benni mich nur warm halten wollte, weil ich eben auf ihn stand? Was sprach dann dagegen, mit Sascha ein bisschen Spaß zu haben? Da war halt noch Sabrina. Aber er küsste so gut … Ich konnte ihn einfach nicht wegstoßen.

Sein Kuss wurde stürmischer und fordernder. Er versuchte, mir mit einer Hand unter den Hoodie zu gehen.

Plötzlich kam mir ein ganz hässlicher Gedanke. War es möglich, dass er nur austesten wollte, wie weit ich mit ihm gehen würde, um danach alles haarklein Benni zu erzählen? Diese Überlegung ernüchterte mich so weit, dass ich wieder Herrin meiner Sinne war.

„Stop!" Aufgebracht stieß ich ihn von mir. „Das geht eindeutig zu weit!"

Ich nestelte an meinem Hoodie und sprang auf.

„Du gehst jetzt besser!", kommandierte ich.

Sascha stand ebenfalls auf und ging ans Fenster. Es regnete immer noch.

„Du jagst mich in das Gewitter raus?", protestierte er.

„Wenn du dich nicht benehmen kannst, musst du auch die Konsequenzen tragen!", blaffte ich, dicht gefolgt von einem enormen Donner.

Ohne es zu wollen, musste ich lachen. Sascha verfiel ebenfalls in ein unkontrolliertes Gekicher.

„Diana, Herrin des Donners!", gluckste er.

Ich hob meinen Zeigefinger und versuchte, ein ernstes Gesicht zu machen.

„Das ändert nichts an meiner Meinung! Na gut, du darfst bleiben, bis das Unwetter vorbei ist. Aber wehe, du bleibst diesmal nicht anständig! Dann fährst du, ob Regen oder nicht!"

Sascha stand stramm, salutierte und gab im Soldatenton „Yes ma`am, aye ma`am!" von sich.

Immer noch kichernd schaltete ich meinen Fernseher an, wo gerade die Simpsons ausgestrahlt wurden. Während der Sendung unterhielten wir uns über alles Mögliche.

Ich fand heraus, dass Sascha keine schlechte Einstellung zu vielen Themen hatte. Er bemühte sich, anderen zu helfen, und schraubte in der Werkstatt seines Vaters oft kostenlos an Maschinen von Kunden herum, die sich einen Mechaniker nicht leisten konnten. Er machte eine Ausbildung zum Kfz-Meister und hatte vor, später einmal den Familienbetrieb zu übernehmen. Er gab allerdings auch zu, dass er gern mit seinem Casanova-Image kokettierte und es genoss, ein Frauenschwarm zu sein.

„Das reizt mich so an dir, Diana", offenbarte er sich. „Alle anderen Mädels im Motorradclub himmeln mich an, du nicht. Alle versuchen, mir zu gefallen, du nicht. Alle anderen reden mir nach dem Mund, du nicht, im Gegenteil! Du gibst mir gehörig Contra."

„Und das wurde auch mal höchste Zeit, dass das jemand tut! Ist ja schrecklich, wie die alle mit sich umspringen lassen!", rutschte mir heraus, was ihn natürlich zu der Frage veranlasste, wen ich konkret damit meinte.

Ich stotterte etwas herum und verwies dann auf Nathalie, weil mir nichts Besseres einfiel.

Er zog die Augenbrauen hoch.

„Du kannst mir doch nicht erzählen, dass du dich ernsthaft um Nathalie sorgst!", wunderte er sich.

„Äh... das Gewitter ist vorbei, du kannst fahren!"

Ich zerrte an Saschas Oberarm, um ihn am Sofa vorbei in Richtung Ausgang zu dirigieren.

Er ließ sich einfach fallen und so lagen wir schon wieder übereinander auf dem weichen Polster.

„Du hast versprochen, anständig zu sein!", schimpfte ich.

„Diesmal hast du mich gezogen, ich bin unschuldig!", war die Antwort.

Hm, er hatte recht. Wir blickten uns wortlos in die Augen. Sein Gesicht näherte sich dem meinen.

Ja, küss mich noch einmal, dachte ich, gefolgt von: Hab ich das jetzt wirklich gedacht?

Doch diesmal versuchte er es erst gar nicht. Er stand auf und zog seine Motorradkombi wieder an.

Das überraschte mich.

„Ich danke dir für den Tee!", sagte er und ging zur Tür.

Ich trottete ihm nach wie ein Schäfchen, wofür ich mich innerlich selbst ohrfeigte.

An der Tür verabschiedeten wir uns höflich, aber distanziert voneinander.

Kaum fiel die Tür ins Schloss, lehnte ich mich mit dem Rücken dagegen, kniff meine Augen zusammen und stieß kräftig die Luft aus. Ich musste unbedingt mit Jemandem über den ganzen Quark reden. Jessi! Sie war die Einzige, der ich genügend vertraute. Und Sabrina fiel eh so was von flach in dem Fall.

Hektisch griff ich zum Telefonhörer und hoffte, dass meine Jessica zu Hause war. Ich hatte Glück.

Sie ging gleich beim dritten Klingeln ran.

„Jessi? Du musst ganz schnell vorbeikommen! Ich brauche dringend jemanden zum Reden! Bitte!!!", brüllte ich in den Hörer.

„Du klingst ja total aufgelöst! Ich bin in zehn Minuten bei dir!", antwortete sie und legte auf.

Meine Jessi. Trotz Carsten konnte ich mich einfach auf sie verlassen, wenn es darauf ankam.

Exakt fünfzehn Minuten später saßen Jessi und ich nebeneinander im Schneidersitz auf dem sündigen Sofa. Ich hatte mich ihr komplett anvertraut und erzählte ihr auch von meinem schlechten Gewissen Sabrina gegenüber.

„Du musst es ihr sagen!", war Jessis Meinung. „Bisher warst du zwar nie die treibende Kraft in der ganzen Angelegenheit, aber sie verdient es, dass du es ihr nicht verschweigst!"

„Ich bin mir doch überhaupt nicht sicher, was ich will!", protestierte ich und nahm einen großen Schluck von meinem Chai-Tee.

„Sascha bringt mich zu neunzig Prozent auf die Palme! Und vergiß Benni nicht!"

Jessica schüttelte den Kopf.

„Mini, Mini, du denkst mal wieder nur an dich!", seufzte sie.

Ich wollte entrüstet auffahren, doch sie hob die Hand und sah mich mit großen Augen an, was mich sofort verstummen ließ.

„Du willst mir ja wohl nicht widersprechen!", rief sie streng. „Es ist völlig unerheblich, ob du nun in Sascha verknallt bist oder nicht. Sabrina muss wissen, dass da zur Zeit irgendwas zwischen euch läuft, auch wenn du nicht genau sagen kannst, was es ist!"

Es tat so gut, mit ihr über das Ganze zu reden. Wenn Jessi mir ihre Sicht der Dinge darlegte, konnte ich selbst viel besser nachdenken mit meinem chaotischen Hirn.

„Sollen wir sie gleich anrufen und dazu holen?", fragte Jessi sanft. Ich schüttelte entsetzt den Kopf.

„Das ist mir zu früh! Ich muss zuerst überlegen, wie ich es ihr am besten sage!"

Das leuchtete meiner besten Freundin ein. Sie nickte ruhig und umklammerte ihre Teetasse mit beiden Händen.

„Übrigens habe ich eine Überraschung für dich!", verkündete sie lächelnd. „Carsten hat sich Sorgen um Benni gemacht und ist spontan zu ihm ins Krankenhaus gefahren. Stell dir vor, er hat mit ihm vereinbart, dass wir Benni morgen Abend gemeinsam zu Hause besuchen!"

Vor Schreck fiel ich beinahe vom Sofa.

„Und ich kann da so einfach mit? Ist das nicht zu aufdringlich?", wollte ich wissen.

Jessi schüttelte lachend den Kopf, dass ihre schwarzen Haare nur so flogen.

„Er hat sogar extra nach dir gefragt!", berichtete sie mir.

Na, das waren ja News. Jetzt konnte ich nur noch hoffen, dass Sascha nicht ebenfalls dort aufkreuzen würde. Ich hatte sowieso Angst, dass Sascha Benni irgendetwas erzählen könnte. Da fiel mir die dumme Bemerkung ein, die Sascha darüber gemacht hatte, wie Benni angeblich zu mir stand. Ich erstattete Jessi Bericht, die daraufhin ihre Stirn runzelte.

„Also, ich kenne deinen Benni auch nicht so gut", begann sie. „Aber eins weiß ich: Er ist ein ehrlicher Typ, der keine Spielchen spielt. Ich könnte mir viel eher vorstellen, dass Sascha sich das Ganze ausgedacht hat, damit du sauer auf Benni wirst und dich auf Sascha einlässt!"

Das machte in der Tat Sinn. Dumm war er ja nicht, der Sascha. Allerdings konnte es auch sein, dass Benni mich wirklich nur als eine Art Reserve sah.

Jessi bemerkte meine Grübelei und erhob sich.

„Ich lass dich jetzt mal lieber mit deinen Gedanken alleine!", konstatierte sie. „Und vergiss Sabrina nicht!"

„Na klar, ich denke darüber nach. Wäre es allerdings nicht besser, ihr nichts zu sagen, wenn ich dir jetzt verspreche, dass ich mich von nun an nicht mehr von Sascha überrumpeln lassen werde?"

Jessica klopfte mir kameradschaftlich auf die Schulter. Das hatte sie eindeutig von ihrem Carsten übernommen, der machte das auch des öfteren.

„Ich kann dir nichts vorschreiben. Wenn du es ihr nicht erzählen möchtest, ist das deine Sache. Ich misch mich da nicht ein. Aber wenn es jemals herauskommen sollte, ist die Freundschaft zwischen euch gelaufen, weil du es ihr verheimlicht hast. Dies solltest du bedenken!"

Sie hatte ja recht. Wie so oft. Doch ich hoffte insgeheim, dass es eben nicht herauskommen würde. Bisher hatte uns niemand gesehen. Sollte Sascha meinen Fehltritt wider Erwarten herumerzählen, konnte ich es auch einfach abstreiten.

Ich knuddelte meine beste Freundin zum Abschied.

„Also, wir holen dich morgen Abend um halb sieben ab. Ich hoffe, du bringst deinen Bürotag einigermaßen konzentriert zustande!", merkte Jessica an.

Ich zuckte mit den Schultern. Wie sollte ich den langen Arbeitstag morgen nur überstehen? Ich erwog kurz, einfach blau zu machen, verwarf diesen Gedanken jedoch sofort wieder. Ich hatte dieses Jahr bereits zu oft gefehlt und brauchte den Job. Abgesehen davon war es auch besser, als den ganzen Tag zu Hause sitzen zu müssen. So würde ich wenigstens abgelenkt sein.

Nachdem Jessica meine Wohnung verlassen hatte, legte ich meine *Megadeth*-CD in die Stereoanlage und drehte laut auf. Sehr laut. Dazu legte ich mich auf den Boden, streckte mich aus und schloss die Augen. Das Lied dröhnte durch den Teppichboden. *Symphony of Destruction*. Der Song tat gut. Er erinnerte mich an den Karaoke-Abend von der Motorrad-Ausfahrt.

Laut sang ich mit: „Just like the piet piper led rats through the streets … we dance like the marionettes … swaying to the symphony of destruction."

Morgen würde ich Benni wieder sehen! Beim Gedanken an ihn verspürte ich ein gewaltiges Kribbeln in meinem Bauch.

Kapitel 6

Dank meiner Kolleginnen Chloe und Patrizia, die sich schon seit längerem in einem Zickenkrieg befanden, verflog mein Arbeitstag im Nu. Es war echt amüsant, diese Streitigkeiten um nichts und wieder nichts zu verfolgen, so lange man nicht selbst involviert war. Die Beiden waren das, was meine Freundin Jessica abfällig „Prada-Tussis" nannte. Sie versuchten, sich gegenseitig mit teuren Klamotten, schrillem Make-Up und Herumposen zu übertrumpfen. Ich kannte teure Marken wie *Prada* und *Louboutin* eigentlich nur aus *Sex and the City* – und natürlich von den Beiden. Meiner Meinung nach konnte man sich auch toll stylen, ohne Hunderte von Mark zu verschleudern.

Chloe hatte sich neue *Jimmy Choos* gekauft, und Patrizia empfand solchen Neid auf diese Stilettos, dass sie absichtlich ihren Saft verschüttete und dabei einen der neuen Schuhe erwischte. Natüüüüürlich handelte es sich nur um ein Versehen, behauptete sie. Es war jedoch offensichtlich, dass sie es aus purer Bosheit getan hatte. Die Modepüppchen gifteten sich den halben Tag deswegen an. Meine andere Kollegin Alina, die schwer in Ordnung war, rückte ihren Stuhl neben mich, klappte die Lehne etwas zurück und rückte ihre Brille zurecht.

„So, jetzt noch Popcorn und Cola, und wir hätten ganz großes Kino!", gluckste sie, während sie sich mit einem Arm lässig auf mich aufstützte.

„Aber hallo", antwortete ich. „Das wäre doch reif für die Talkshow Arabella! Thema: Spieglein, Spieglein an der Wand – wer ist die größte Zicke im ganzen Land?"

Daraufhin gackerten wir wie die Hühner. Als unser Chef den Kopf zur Tür unseres Sekretärinnenzimmers hereinstreckte, machten wir uns eifrig an die Arbeit.

Ich hatte Mühe, das Diktat meines Chefs fehlerfrei zu tippen. Ständig schweiften meine Gedanken ab und ich musste das Aufnahmeband wieder und wieder zurückspulen, um mir die Sätze erneut anzuhören. Irgendwie schaffte ich es trotzdem, rechtzeitig vor 17.00 Uhr mit meinen Aufgaben fertig zu werden. Erschöpft ließ ich meinen Stift fallen, machte den PC aus und flitzte nach Hause, um mich zu stylen.

Als es um halb sieben klingelte, war ich am Rande eines Herzinfarkts.

Carsten und Jessi grinsten mich breit an.

„Na, wie hab ich das eingefädelt?", fragte Carsten mit unverhohlenem Stolz.

Ich küsste ihn auf die Wange.

„Du bist einfach der Beste!", hauchte ich.

Jessica schob noch „Deshalb bin ich ja mit ihm zusammen" hinterher und wir stiegen ins Auto ein.

Noch nie zuvor war ich bei Benni zu Hause gewesen. Im Gegensatz zu mir wohnte er noch bei seinen Eltern, was mich noch aufgeregter machte, als ich sowieso schon war.

Hoffentlich latschte ich nicht gleich ins nächstbeste Fettnäpfchen! Ich hatte insgeheim die

Befürchtung, dass Sascha zufällig dort sein würde. Immerhin war er Bennis bester Kumpel. Was sollte ich dann nur tun? Ich versuchte, an etwas anderes zu denken.

In Mähringen fuhr Carsten zielstrebig Richtung Motorradclub. Benni wohnte ganz in der Nähe. Schließlich parkte Carsten seinen Wagen vor einem älteren Bauernhaus mit Kieseinfahrt, dessen Fassade in einem Farbton zwischen weiß und grau gestrichen war und schon etwas heruntergekommen wirkte. Mir stach der große Garten ins Auge, in dem verschiedene Wildblumen blühten. Vor dem Haus befand sich ein Hundezwinger, aus dem uns ein großer Schäferhund böse anglotzte.

Kaum öffneten wir unsere Türen, bellte er ohrenbetäubend.

Fast gleichzeitig schwang die Haustür auf und Benni erschien strahlend in der Tür. Unwillkürlich musste ich lächeln. Ich hatte schon beinahe vergessen, wie umwerfend er aussah!

Wir gingen die Treppenstufen zum Hauseingang hinauf und ich musste mich wirklich zusammenreißen, nicht zu rennen.

„Hi! Wie schön, dass ihr mich besuchen kommt!", begrüßte Benni uns. „Wollt ihr einen Kaffee?"

„Na klar!", antwortete ich sofort und fiel ihm um den Hals. „Es freut mich, dass es dir wieder gutgeht!"

Jessica und Carsten zwinkerten sich zu. Glücklicherweise war von Sascha weit und breit nichts zu sehen. Außer Benni war niemand zu Hause.

Wir folgten Benni ins Wohnzimmer. Wegen der sommerlichen Wärme hatte er eine kurze Hose an von der Art, wie sie die Fußballer trugen.

Ich konnte nicht aufhören, auf seine Beine zu starren.

Jessi bemerkte es und gab mir für die anderen unmerklich einen Rippenstoß.

„Glotz ihn nicht so an, das ist peinlich!", zischte sie mir zu. Benni servierte den Kaffee und plapperte fröhlich weiter:

„Sascha hat mich gestern besucht und erzählt, dass es noch richtig spaßig bei euch in der Hütte gewesen ist!"

Ich stellte meine Tasse schwungvoll ab. Ob Benni Bescheid wusste? Aber dann wäre er doch nicht so gut gelaunt, oder etwa doch? Was, wenn sein Interesse verflüchtigt war, und meine Krankenhaus-Riesentitten-Alpträume Wirklichkeit geworden waren?

Jessica rettete mich liebenswürdigerweise.

„Was hat er denn erzählt? Von unserer lustigen Räuber-und-Gendarm-Variante oder vom Kasino-Abend? Es gab tatsächlich jede Menge Highlights an diesem Wochenende!"

Während sie das sagte, lachte sie so herzerfrischend, dass auch Carsten und Benni mit einfielen.

Ich versuchte es ebenfalls, brachte aber nur ein nervöses Quietschen zustande.

Benni erwiderte: „Vor allem vom Räuber-und-Gendarm hat er viel gesprochen. Dass er aufregende Frauenbeute gemacht hat, in der Dunkelheit jedoch nicht erkennen konnte, wen er sich gegriffen hat."

Puh. Sascha schien wohl wirklich dicht gehalten zu haben.

Wir plauderten noch ein Weilchen ungezwungen über dies und das. Im Krankenhaus musste sich ein ziemlich alter Stationsdrachen um meinen armen Benni gekümmert haben, der ihn schon morgens um 6.00 Uhr geweckt hatte. Von irgendwelchen vollbusigen Blondinen erzählte er kein Sterbenswörtchen. Ich erfuhr, dass Bennis Eltern an diesem Abend den Leuten vom Motorradclub aushalfen. Der Motorradclub hatte anscheinend die Mähringer Festhalle für den kommenden Freitag gemietet, um dort eine Kostümparty zu veranstalten. Nun musste die Halle noch von freiwilligen Helfern dekoriert werden, damit die Veranstaltung stattfinden konnte.

Benni berichtete, dass die Idee mit dem Kostümfest ausgerechnet von Nathalie stammte.

Carsten klopfte sich amüsiert auf die Schenkel.

„Nathalie? Ausgerechnet die? Hätte nicht gedacht, dass die überhaupt bei so was mitmacht!", prustete er los. „Wie kam sie denn auf die Idee?"

Benni antwortete: „Ja, anscheinend mag sie Verkleiden sehr und hat sich vor einigen Altrockern im Motorradclub darüber geärgert, dass es an der Fasnet immer so kalt ist und man sich daher keine kurzen Kostüme anziehen könnte. Während sie noch am Rumjammern war, kam ihr der Gedanke, doch mal ein Kostümfest im Sommer zu organisieren. Bestimmend, wie sie nun mal ist, hat sie gleich mehrere Vorstandsmitglieder für ihren Einfall gewinnen können. Tja, und nun steht die Kostümparty fest. Für mich ist es spitze, da kann ich heimlaufen!"

Das waren ja tolle Neuigkeiten! Ich warf Jessica einen durchdringenden Blick zu, der besagte: Wir müssen telefonieren. Dringend! Kostüme durchhecheln!!!

Jessi grinste mich breit an.

Gegen kurz vor acht brachen wir auf, da Carsten noch in sein Training musste. Er war so freundlich, mich zu Jessica zu fahren.

„Ihr habt jetzt sicher noch einiges zu bequatschen!", begründete er dies. „Tut mir übrigens leid, dass wir nur so kurz bleiben konnten." Ich umarmte ihn stürmisch.

„Ich bin dir dankbar, dass wir überhaupt zu Benni gefahren sind! Und das mit dem Kostümfest ist ja wohl der absolute Oberknaller! Jess, was soll ich bloß anziehen?"

Meine beste Freundin lachte.

„Mini in Reinkultur! Jetzt ist sie wieder aufgeregt und beginnt jeden Moment damit, wie ein Flummi herumzuhüpfen!", kommentierte sie.

Ich strengte mich extra an, um genau das nicht zu tun. Einen kleinen Freudenhopser konnte ich mir jedoch nicht verkneifen, als wir gemeinsam auf Jessis Haustür zuliefen.

Ich saß in Jessis sauber aufgeräumtem Zimmer auf ihrem frisch geputzten Sofa, hatte die Beine an mich herangezogen und umschlang diese mit meinen Armen.

Ich selbst bin übrigens noch niemals auch nur im Entferntesten auf die Idee gekommen, mein Sofa zu putzen. Nicht mal nach der Knutscherei mit Sascha, obwohl es da am ehesten nötig gewesen wäre.

Nach eifrigem Hin- und Herüberlegen mit Jessica fasste ich den Entschluss, als Soldatin auf dem Kostümfest aufzuschlagen.

„Was machen wir denn nur mit Sascha?", sinnierte ich. „Er wird mir auf dem Kostümfest garantiert Steine in den Weg legen, das weiß ich!"

Jessica lachte.

„Tja, Mini, du bist auch selbst schuld, dass du ausgerechnet mit dem besten Kumpel deines Schwarms herumknutschst! Hast du keine Sekunde lang daran gedacht, was das für Auswirkungen haben würde?"

Ich schüttelte meinen Kopf.

„Ehrlich gesagt: Nein. Ich habe einfach den Augenblick genossen. Und Knutschen kann der Sascha durchaus!"

Bei der Erinnerung an Saschas Küsse durchlief mich ein verräterisches Kribbeln.

Jessica strafte mein Statement mit einem bösen Blick ab.

Noch ehe sie etwas dazu sagen konnte, wollte ich von ihr wissen: „Hast du noch nie einmal in den Moment hinein gelebt, ohne auch nur ansatzweise darüber nachzudenken?"

Jess überlegte eine Zeit lang. Dann schüttelte sie langsam den Kopf.

„Weißt du, Diana, das bewundere ich ein bisschen an dir. Ich kann gar nicht anders, als Nutzen und Risiken gegeneinander abzuwägen. Solche Spontanaktionen wie bei dir kommen bei mir nie vor. Ich handele niemals unüberlegt. An deinem Leben teilzuhaben, ist für mich schon aufregend genug."

Darüber mussten wir beide lachen. Ja, das war typisch Jessica. Wahrscheinlich machte gerade das den Reiz unserer Freundschaft aus.

„Nun müssen wir aber noch ein Kostüm für dich überlegen!", schlug ich vor.

Jessi grinste.

„Ich weiß schon längst, was ich anziehe", verkündete sie. „Ich geh als Vampiropfer! Carsten macht natürlich den Vampir!"

Wir fielen uns fröhlich in die Arme. Das konnte ja eine tolle Fete werden!

Am Tag des Kostümfestes war Jessi so lieb, extra schon nachmittags um 15.00 Uhr bei mir vorbeizukommen. Wir hatten uns beide den Nachmittag frei genommen, was freitags glücklicherweise kein Problem war.

Ich hatte mir eine Tarnhose gekauft, zu der ich schwere, schwarze Stiefel im Armylook trug, dazu natürlich mein geliebtes Camouflage-Top. Über Carsten war ich tatsächlich an ein weinrotes Barett von der Bundeswehr gekommen, welches er selber getragen hatte, als er noch bei den Fallschirmjägern gewesen war. Meine Haare hatte ich ausnahmsweise geglättet und zu einem Pferdeschwanz mit tiefem Seitenscheitel frisiert, um mir ein streng-militärisches Aussehen zu verleihen.

Mit dem Ergebnis war ich nicht besonders glücklich, da ich meine Haare die meiste Zeit lockig trug und mich nun selbst kaum wieder erkannte.

Ich starrte in den Spiegel und zog mit meinem noch ungeschminkten Gesicht eine wilde Grimasse.

„Was, wenn ich Benni so überhaupt nicht gefalle?", jammerte ich, während Jessica ihr rabenschwarzes Haar kräftig toupierte.

Sie hatte ein altes Kleid ihrer Mutter angezogen, in welches sie mit der Schere viele Schlitze hinein geschnitten und diese ausgefranst hatte. Auf mein Wehklagen hin rollte sie nur mit den Augen.

„Es ist doch total langweilig, immer gleich auszusehen! Ich dachte, du bist so eine Fashionista? Dann ist doch ein bisschen Veränderung genau das Richtige! Und du siehst super aus! Benni wird in Ohnmacht fallen!", war ihr Kommentar dazu, worauf ich „Na, hoffentlich nicht vor Schreck!" erwiderte.

Wir schminkten uns und ich malte mir mit einem schwarzen Kajalstift zwei dicke, schwarze Tarnbalken auf die Wangen.

Als ich das Barett in meinen Haaren fixierte, konnte ich nicht anders, als erneut zu meckern:

„Die Farbe passt ja so was von gar nicht zu meinen Haaren!"

Kaum hatte ich das ausgesprochen, warf Jessica mir einen finsteren Blick zu.

„Wage es ja nicht, schlecht über Carstens Barett zu reden! Er hat es dir extra ausgeliehen! Ein echter Soldat braucht ein Barett!", warnte sie.

„Ja schon, aber weinrote Kappe zu roten Haaren?"

„Benni wird sich nicht daran stören! Männer achten sowieso nicht darauf, was zusammenpasst und was nicht!"

Da hatte meine Freundin recht. Ich konnte mich noch gut daran erinnern, wie Benni mit einem wilden Klamottenmix im *Absolut* aufgetaucht war, von dem ich fast blind geworden wäre: Blue Jeans mit blauem T-Shirt und gemusterter Weste, die irgendwie mexikanisch ausgesehen hatte. Ich hatte mich wirklich zusammenreißen müssen, um nichts wegen seiner Klamotte zu sagen. Na ja, und wir wollten schließlich auf ein Kostümfest, da konnte ich mal ein Auge zudrücken.

Jessica hatte sich mit einem roten Farbstift Verletzungsflecken aufgemalt sowie zwei Einbisslöcher am Hals. Ihre auftoupierten Haare umhüllten ihr Gesicht wie eine schwarze Wolke. Sie sah schaurig-schön aus.

Als Carsten uns um 19.00 Uhr abholte, hatte ich mich einigermaßen mit meinem Spiegelbild angefreundet. Ich sah zwar ganz anders aus als sonst, doch bis auf das farblich nicht stimmige Barett war ich zufrieden.

Carsten hatte sich ganz in schwarz gekleidet und trug einen langen, schwarz/roten Vampirumhang. Dazu hatte er sein Gesicht komplett weiß angeschmiert und die Augen schwarz umrandet. Seine

Haare hatte er stark gegelt und dutzende Strähnchen in sich gezwirbelt, so dass ihm die Haare wie Igelstacheln vom Kopf abstanden. Auch er sah komplett verändert aus.

„Hallo, schöner Fremder!", begrüßte ihn Jessi strahlend.

„Hey Blutsauger!", schloß ich mich an.

Carsten begrüßte Jess mit einem innigen Kuß und zeigte mir anschließend seine Vampirzähne. Er hatte echt an alles gedacht.

„Ihr habt euch ja beide voll ins Zeug gelegt!", bemerkte er und pfiff durch die Zähne.

„Ok, let´s go!" Ich klatschte in die Hände und schob die Beiden zur Tür.

An der Halle angekommen, waren wir alle drei überrascht, wie voll es schon war. Am Eingang hatte sich eine riesige Warteschlange gebildet, an der wir mindestens eine halbe Stunde lang anstehen würden müssen.

Ich seufzte laut auf.

„Das darf ja wohl nicht wahr sein!", brummte ich enttäuscht. „Wir sind extra früh losgefahren! Warum sind denn schon so viele Leute hier?"

Jessica nahm mich in den Arm.

„Ein Kostümfest Ende Mai, das zieht natürlich die Leute an!", murmelte sie tröstend auf mich ein.

Carsten bestätigte: „Wahrscheinlich hat der Motorradclub kräftig Werbung gemacht. Ist immerhin eine gute Gelegenheit, die Clubkasse aufzubessern!"

Da hatte er allerdings recht. Ich verabscheute Warten und Schlange-Stehen schon immer, doch uns blieb nichts anderes übrig.

„Kommt Sabrina heute eigentlich auch?", wollte Jessi ganz unvermittelt von mir wissen.

Oje. Sabrina. An sie hatte ich überhaupt nicht mehr gedacht. Seit der Sache mit Sascha hatte ich den Kontakt zu ihr etwas abflachen lassen, weil ich ihr gegenüber ein schlechtes Gewissen hatte. Seltsamerweise hatte auch sie sich seit der Motorradausfahrt nicht mehr bei mir gemeldet. Ob sie etwas ahnte? Ich zuckte mit den Schultern und gab meiner besten Freundin ein kurzes Update.

„Meinst du, sie weiß Bescheid?", fragte ich sie ängstlich.

„Woher denn! Sascha wird es ihr wohl kaum erzählt haben!", wiegelte Jessi ab.

Ich ging im Geiste noch mal meine Verfehlungen mit Sascha durch. Den Kuss beim Spiel konnte Sabrina auf gar keinen Fall gesehen haben. Tja, und sonst lief ja nur noch in meiner Wohnung was. Sofern sie keine versteckte Kamera installiert hatte, dürfte sie auch davon nichts mitbekommen haben. Jessica hatte recht. Ich sah mal wieder Gespenster.

„Hey, es geht endlich schneller vorwärts!", jubelte Carsten, als plötzlich ein ganzer Schwung Leute gleichzeitig nach vorne stürmte. Ich konnte es kaum erwarten und drängelte vor. Jessica hinderte mich daran, einem besonders lahmarschigen Typen meinen Ellenbogen ins Kreuz zu rammen.

„Nicht!", warnte sie. „Du willst doch wohl nicht gleich zu Beginn des Abends Hallenverbot bekommen?"

„Meinst du, das gibt´s schon wegen ein bisschen Anrempeln?", gab ich erschrocken zurück.

Jessi legte den Kopf schief.

„Ich würde mich jedenfalls nicht drauf verlassen, dass die Türsteher ein Auge zudrücken!", kommentierte sie.

Also wartete ich brav weiter.

Nach einer gefühlten Ewigkeit durften wir endlich in die Halle, die liebevoll dekoriert worden war. Von der Hallendecke hingen Luftschlangen und Fähnchen, dazwischen waren immer wieder Wimpel mit dem Emblem des Motorradclubs zu sehen. An den Wänden waren lustige Bilder von diversen Clubmitgliedern in komischen Posen angebracht. Auf neunzig Prozent der Bilder sahen die abgebildeten Personen besoffen aus.

Ich suchte die Poster nach Benni ab und wurde tatsächlich fündig. Sie hatten eine ganz aktuelle Aufnahme von ihm ausgewählt, als er völlig betrunken über einem Barhocker hing. Das musste vom Karaoke-Abend der Motorradausfahrt stammen. Ich kicherte.

Direkt daneben prangte eine Aufnahme von Sascha, ebenfalls von der Motorradausfahrt. Auf dem Foto war er oben ohne zu sehen. Das Bild war so was von typisch Sascha. Er machte eine stolze Pose und grinste selbstsicher in die Kamera.

Ich streckte dem Bild die Zunge raus und begab mich Richtung Bar. Dort traf ich Sabrina, die sich als zarte Elfe verkleidet hatte, was hervorragend zu ihr passte. Sie trug ein lindgrünes Oberteil mit durchsichtigen Trompetenärmeln, dazu einen langen, weit schwingenden Rock in dunkelgrün. Am Rücken hatte sie Elfenflügel befestigt und in ihrem Haar einen gewundenen Kranz, der aussah, als wäre er aus Efeu. Sogar an spitze Aufsätze für ihre Ohren hatte sie gedacht. Sie sah einfach zauberhaft aus.

Bisher hatte sie mich noch nicht gesehen. Erneut meldete sich mein schlechtes Gewissen.

„Sabrina!", rief ich und schob mich zu ihr nach vorne an die Theke. Sie strahlte mich an. Puh, dann konnte sie nichts von meinen Missetaten wissen.

„Diana! Ist es nicht herrlich hier?"

Wir fielen uns in die Arme.

„Es tut mir leid, dass ich mich nicht bei dir gemeldet habe!", platzte ich heraus und musste plötzlich mit den Tränen kämpfen. Warum war ich nur dermaßen gefühlsduselig? Meine Emotionen glichen so oft einer Achterbahn!

Sabrina tätschelte mir die Schulter.

„Nicht doch! Mir war klar, dass du den Kopf voll mit Benni hast und dich garantiert mit Jessi triffst. Sie ist ja immer noch deine beste Freundin. Außerdem hab ich in der Zwischenzeit so einiges erlebt, was dich interessieren dürfte!" Sie machte eine bedeutungsvolle Pause, schmunzelte und spielte an ihrem Rock.

Ich platzte beinahe vor Spannung.

„Was denn? Erzähl mal!", drängte ich.

„Ich hatte ein Date mit Sascha!", ließ sie verlauten.

Das haute mich fast um.

„Oh?", war alles, was ich dazu rausbrachte.

„Er hat mich mit seinem Motorrad abgeholt. Wir gingen in Tübingen Eis essen und sind anschließend mit dem Stocherkahn auf dem Neckar gefahren."

Ich verstand gar nichts mehr. Hatte Sascha sich nun doch noch in Sabrina verliebt? Das Ganze überforderte mich etwas. Am Liebsten hätte ich mich gesetzt, aber wie hätte ich das Sabrina erklären sollen? Ich verstand ja selbst nicht, warum ich mich nicht einfach für sie freuen konnte. Und Benni? Ich liebte doch Benni, oder etwa nicht?

Glücklicherweise nickte mir der Barkeeper just in diesem Moment zu, um mich dazu aufzufordern, meine Bestellung aufzugeben.

„Was trinkst du?", fragte ich Sabrina, die einen Batida Kirsch verlangte. Ich wollte Jacky-Cola.

Nachdem ich die beiden Getränke geordert hatte, wendete ich mich wieder meiner Freundin zu.

„Ist was gelaufen?", hakte ich betont fröhlich nach.

Sie schüttelte den Kopf und ließ die Schultern hängen.

„Nein, das ist es ja. Er behandelt mich wie eine kleine Schwester. Er hat mir auch ehrlich gesagt, dass aus uns nichts wird", erzählte sie.

Ich wunderte mich.

„Hä, wieso macht er dann so ein romantisches Date mit dir aus? Der Kerl ist ein Sadist!"

Sofort kochte die Wut wieder in mir hoch wie heiße Lava. Wie konnte dieser arrogante Geck nur so mit meiner Freundin umspringen?

Sabrina hob beschwichtigend die Hände.

„So ist es ja nicht. Das mit dem Stocherkahn war meine Idee!", erklärte sie. „Als wir auf dem Fluß waren, hat er mir dann gesagt, es wäre Zeit für ein klärendes Gespräch. Er hat mir überhaupt keine Hoffnungen gemacht und nicht mal versucht, mich zu küssen oder so was. Er hat mir klargemacht, dass er bereits an einer anderen Frau interessiert ist. Und dass er nicht einfach so just for fun was mit mir anfangen kann, das sei nicht seine Art."

„Oh", brachte ich wieder nur heraus.

Ich nahm einen großen Schluck Jacky.

„Du scheinst für diese Ansage ziemlich gefasst zu sein!", stellte ich fest.

Sabrina nickte.

„Weißt du, als wir in Tübingen unterwegs waren, ist mir aufgefallen, dass wir uns gar nicht so richtig unterhalten können. Mir gefällt sein Aussehen, aber ich hab mich nicht wirklich in ihn als Person verliebt. Also stellte ich mir die Frage: Würde ich so verrückt nach ihm sein, wenn er nicht so gut aussehen würde? Geht es mir um ihn, um seine Persönlichkeit – oder doch nur um den hübschen Body? Leider musste ich mir eingestehen, dass Letzteres der Fall ist. Und das hat kein Mensch verdient, dass man ihn nur als Hülle wahrnimmt!"

Mir fiel im wahrsten Sinne des Wortes die Kinnlade herunter. Sabrina brachte es in der Tat auf den Punkt. So hatte ich das Ganze noch nie gesehen. Kannte ich Benni genug, um ihn wirklich zu lieben? Oder war ich auch nur scharf auf seine Hülle? Puh. Ich wollte jetzt nicht nachdenken. Also bestellte ich den nächsten Jacky und leerte mein erstes Glas, während mir der Barkeeper das nächste füllte.

Sabrina lächelte mich sanft an.

„Du bist nervös wegen Benni, nicht?", bemerkte sie.

Ich nickte.

„Hab ihn leider noch nicht gesehen!", bedauerte ich.

„Ich auch nicht, aber es ist ja auch dermaßen viel los!", bestätigte Sabrina.

Ein bekanntes Gesicht tauchte in der Menge auf. Es war Patrick.

„Huhu, Patrick!" Ich winkte ihm zu und er eilte uns strahlend entgegen.

„Der Patrick ist ein prima Kumpel!", raunte ich Sabrina zu.

„Ich hab ihn erst auf der Motorradausfahrt kennengelernt! Wie findest du ihn?"

„Ehrlich gesagt hab ich bisher noch nicht so ausgiebig mit ihm gesprochen. Er scheint allerdings ganz in Ordnung zu sein."

Plötzlich erschallte laute Musik. Die Band begann, typische Faschingslieder zu spielen.

Ich grinste. Fasching hatte schon was. Vor allem, wenn es warm war.

„Seid mir nicht böse, aber ich möchte tanzen!", warf ich Sabrina und Patrick zu, stürmte Richtung Tanzfläche und warf einen Blick auf meine Armbanduhr. Sie zeigte kurz nach 21.00 Uhr.

Die Band spielte nun *Drei weiße Tauben*. Ich flippte auf der Tanzfläche herum, hüpfte und kreischte. Bei solchen Veranstaltungen fühlte ich mich immer frei wie ein Kind.

Zwei Stunden später war immer noch nichts von Benni zu sehen. Dafür war ich schon mindestens dreimal über Sascha gestolpert, der sich als Pirat verkleidet hatte. Er sah wie immer sehr gut aus. Zu seinem Kostüm trug er einen Dreieckshut in schwarz mit einem Totenkopf vorne drauf. Er hatte sich zur Vervollkommnung seines Looks extra einen Dreitagebart stehen lassen.

Ich hatte es bisher vermieden, viel mit ihm zu reden.

Jessica nahm mich in den Arm, als ich mich bei ihr über die Ungerechtigkeit des Lebens im Allgemeinen und über das Nichtauffinden meines Schwarms im Besonderen ausheulte.

„Süße, sei mir nicht böse, aber Carsten und ich wollen gehen!", verkündete sie.

Ich erschrak.

„Ich hab Benni noch nicht mal gesehen! Da können wir doch noch nicht abhauen!", bettelte ich.

In dieses Szenario platzte Sascha.

„Was ist denn los, Prinzesschen? Du bist ja total aus dem Häuschen!", bemerkte er.

In meiner Verzweiflung wandte ich mich an ihn: „Jess und Carsten wollen schon gehen! Sabrina fährt mit ihrem Bruder auf dem Motorrad nach Hause und Patrick find ich grad nicht mehr. Ich möchte noch nicht nach Hause, doch ich hab auch nicht genügend Geld für ein Taxi!"

Sascha grinste mich schief an.

„Ist doch kein Problem!", wisperte er mir ins Ohr. „Ich wohne in Wankheim. Du kannst gern bei mir übernachten! Es ist nicht weit, da können wir später locker rüberlaufen."

Nach einer kurzen Schrecksekunde willigte ich ein. Ich ging davon aus, dass ich Patrick eh früher oder später wieder finden und mit diesem heimfahren können würde. Der konnte schließlich nicht einfach verschwunden sein.

Ich hatte mich noch nicht von Carsten und Jessica verabschiedet, als ich endlich Benni in der Menge entdeckte.

Witzigerweise trug auch er ein Soldatenkostüm, was ihm echt gut stand. Er hatte eine schwarz/weiße Camouflage-Hose mit Hosenträgern an, dazu ein grünes ärmelloses Armyshirt und ein dunkelgrünes Barett. Genau wie ich hatte er sich zwei schwarze Balken ins Gesicht gemalt.

Ich strahlte. Auch er grinste mich breit an, als er mich sah, und kam auf mich zu. Wir fielen uns in die Arme.

„Benni!", hauchte ich selig.

„Endlich habe ich dich gefunden!", gab er zurück. „Ich habe dich schon den ganzen Abend gesucht!

Überall in der ganzen Halle! Wo hattest du dich denn versteckt?"

„Ich war auf der Tanzfläche! Bei Faschingsmusik vergesse ich einfach die Zeit", gab ich zu.

Sascha warf uns einen merkwürdigen Blick zu und trollte sich.

Jess winkte zum Abschied.

„Also, wir düsen. Viel Spaß noch!", rief sie.

Nachdem ich Jessica und Carsten umarmt hatte, wandte ich mich wieder Benni zu.

„Wollen wir was zu trinken holen?", fragte ich und lächelte ihn liebevoll an.

„Ok!", willigte er ein, worauf ich spontan seine Hand nahm.

„Damit wir uns nicht wieder verlieren!", begründete ich dies.

Wir sahen uns in die Augen. Hach, gegen diesen Gefühlssturm mutete das Kribbeln, das ich bei Sascha verspürt hatte, nur wie ein müder Abklatsch an.

Auf halbem Weg zur Bar stockte Benni plötzlich und drehte sich zu mir um. Er sah mich fragend an.

„Sag mal... wenn Jessi und Carsten schon gegangen sind und du ohne Auto da bist, wie kommst du dann nach Hause?", wollte er wissen.

Ich zog eine Grimasse.

„Äh, ich übernachte bei Sascha. Er hat es mir angeboten", brachte ich mühsam heraus.

Benni schien beleidigt.

„Soso, bei Sascha, alles klar!", knurrte er.

„Was ist denn los?"

„Na, du hättest ja auch bei mir pennen können!"

Ich fasste ihn sanft am Arm.

„Das kann ich doch immer noch! Ich hatte dich nicht gefunden und wusste nicht, was ich tun sollte. Ich wollte auf keinen Fall schon nach Hause mitfahren, deshalb hab ich gleich zugesagt, als Sascha mir eine Übernachtungsmöglichkeit angeboten hat. Natürlich schlafe ich lieber bei dir. Das ist schließlich nicht so weit weg!"

Warum ich nicht einfach dazu stehen konnte, dass ich bei Benni übernachten wollte und mir die praktischen Gründe schnuppe waren, wusste ich selbst nicht. Wahrscheinlich hatte ich schlichtweg Angst, dass Benni sein Interesse verlieren könnte, wenn ich ihm zu eindeutig zeigte, wie verliebt ich in ihn war.

Er schien dennoch zufrieden zu sein.

„Gut, dann ist das geregelt. Ich nehm dich nachher mit zu mir!", freute er sich.

Ich bestellte mir zwischendurch eine Cola, denn meine erste Nacht mit Benni wollte ich mit allen Sinnen erleben.

Was war ich aufgeregt! Leider fand ich weder Patrick noch Sabrina. Zu gerne hätte ich mit jemand Vertrautem über mein bevorstehendes Erlebnis geplaudert.

Als ich zur Toilette musste, lief mir mal wieder Sascha über den Weg.

„Ah, Sascha, das ist jetzt praktisch, dass ich dich treffe!", rief ich ihm entgegen. „Ich übernachte nun doch nicht bei dir! Benni hat mir angeboten, dass ich auch bei ihm pennen könnte, und na ja, es ist nun mal nicht so weit zu laufen wie zu dir!"

Sascha zog die Augenbrauen hoch.

„Darauf hätte ich ja fast wetten können, dass du schlussendlich bei Benni schläfst!", gab er nur knapp zurück, tippte sich an den Dreispitzhut und verschwand in der Menge.

Ich sah ihm kurz nach, schüttelte den Kopf und schlüpfte aufs Klo. Dort frischte ich kurz mein Make-Up auf. Da Benni die gleichen Streifen im Gesicht hatte, störten mich meine eigenen überhaupt nicht mehr. Im Gegenteil. Unser unbeabsichtigter Partnerlook machte mich echt stolz.

Ich grinste mein Spiegelbild an und wollte gerade wieder nach draußen stürmen, als ein wütendes Frauengespräch, welches hinter einer verschlossenen Toilettentür stattfand, meine Aufmerksamkeit erregte.

„Wenn ich es dir doch sage, ich habe Benni mit einer Anderen gesehen! Und das, wo Lara heute im Krankenhaus arbeiten muss!", ereiferte sich gerade die Eine.

Daraufhin entgegnete sofort die Andere: „Du musst dich verguckt haben. Lara und Benni sind frisch verliebt. Er hat bestimmt nur Augen für sie!"

Mir rutschte das Herz in die Tarnhose. Krankenhaus? Benni? Nein, dachte ich mir, Das muss ein Zufall sein. So mies ist mein Benni auf gar keinen Fall. Ich wollte gehen, doch meine Füße gehorchten mir nicht. Also blieb ich wie angewurzelt vor der verschlossenen WC-Tür stehen und lauschte.

„Du verwechselst ihn bestimmt", beschwichtigte gerade das Mädel von der Pro-Benni-Fraktion, woraufhin die Gegenseite verächtlich schnaubte.

„Er ist ja sogar im Partnerlook mit der Anderen da! Beide sind als Soldaten verkleidet!", kreischte sie und schlug von innen gegen die Plastikwand.

„Komm, wir gehen raus! Ich zeig dir die Beiden und dann stellen wir ihn zur Rede!"

Oh-oh, nix wie weg! Ich hatte sowieso genug gehört. Mein Mund fühlte sich an, als hätte ich an Alufolie gelutscht. Lange gelutscht. Und drauf gebissen.

Ich stürzte nach draußen und überlegte kurz, was ich nun tun sollte. War Benni wirklich mit einer Anderen zusammen? Oder hatte er nur herumgeknutscht? Das wäre schon schlimm genug gewesen, aber daraus konnte ich ihm ja wohl schlecht einen Vorwurf machen. Ich war immerhin auch kein Engel. Da brauchte ich mich nur an die Sofa-Action mit Sascha zu erinnern. Einen Moment lang zog ich in Erwägung, einfach abzuhauen, verwarf diesen Gedanken aber sofort wieder. Viel besser wäre es doch, ein klärendes Gespräch mit Benni zu führen. Abgesehen davon konnte ihm diese Lara nicht viel bedeuten, wenn er sich so offen mit mir zeigte. Es musste ihm schließlich klar sein, dass Freundinnen von ihr zugegen sein konnten.

Ich versuchte, mich einigermaßen in Fassung zu bringen, und eilte zur Bar, wo Benni auf mich wartete.

Sascha stand neben ihm und blickte mir entgegen, als hätte er in eine Zitrone gebissen.

Ob er etwas wusste? Vielleicht tat ich ihm einfach leid und er musste Benni zuliebe die Klappe halten? Ach, diese Ungewissheit war furchtbar! Ich musste hier raus. Sofort.

„Benni!", sprach ich meinen Schwarm an und zupfte ihm ungeduldig am Shirt. „Lass uns gehen!"

Sascha giftete: „Kannst es wohl kaum erwarten, mit ihm in die Kiste zu springen, was?"

Zum Teil hatte er nicht Unrecht. Der Gedanke, endlich mit Benni alleine sein zu können, hatte was. Doch unser Gespräch war dringender.

„In Ordnung, hauen wir ab!", stimmte er zu, drückte Sascha sein noch volles Getränk in die Hand und nahm mich am Arm.

Dicht aneinandergedrängt verließen wir die Halle.

Ich konnte nur hoffen, dass uns die Lara-Freundinnen nicht finden würden. Ich wusste ja nicht, wie sie aussahen, da ich vorzeitig aus der Toilette geflüchtet war. Ich rechnete jederzeit damit, dass mich ein Mädel mit langen Fingernägeln anspringen und mir das Gesicht zerkratzen würde, schreiend wie Tarzan. Doch nichts geschah. Unvermittelt standen Benni und ich allein in der lauen Frühlingsnacht.

Er zog mich an der Hand hinter sich her und umarmte mich schließlich stürmisch, als wir einige Meilen zwischen uns und die Halle gebracht hatten. Sein Kuss kam unvermittelt und heftig.

Ich fühlte mich, als würde ich in einen Abgrund stürzen und gleichzeitig verbrennen. Es war einfach unglaublich. So hatte ich mich noch nie zuvor bei einem Kuss gefühlt.

Benni küsste nicht mal besonders gut, aber meine Gefühle für ihn waren derart stark, dass mein Denken abschaltete und ich in guter, alter Diana-Manier nur noch den Moment genoss. Mein Vorhaben, ihn zur Rede zu stellen, war wie weggeblasen. Lara? Wer sollte diese Lara schon sein? Ach, das war doch alles nicht echt. Die Mädels auf der Toilette? Ein Spuk, ein Hirngespinst, Lichtjahre entfernt. Benni und ich hier in der Dunkelheit, das war die Realität. Bennis starke Arme, die mich hielten, als würden sie mich nie wieder loslassen. Nach einer halben Ewigkeit lösten wir uns voneinander.

Bennis Augen leuchteten.

„Das habe ich mir schon so lange gewünscht!", gestand er.

Ich glaubte ihm jedes Wort.

„Ich mir auch!", brachte ich hervor und glotzte dabei bestimmt wie ein frisch geborenes Kälbchen. Mit Silberblick.

Nachdem wir uns einige Zeit in die Augen gesehen hatten, schlenderten wir Arm in Arm auf Bennis Zuhause zu.

An der Haustür angekommen, fummelte er hektisch in seinen Hosentaschen herum.

„So ein Mist!", schimpfte er. „Ich hab meinen Schlüssel vergessen!"

„O nein, was jetzt?"

„Wenn wir Glück haben, kann ich über den Balkon reinklettern. Meine Eltern lassen die Balkontür meistens angelehnt. Ich vergesse meinen Schlüssel nämlich öfter!"

Er zwinkerte mir zu.

„Ich mach dir dann von innen auf!"

Mit diesen Worten ließ er mich vor der geschlossenen Haustür stehen und ging in den Garten. Einige Minuten vergingen. Mich befiel der böse Verdacht, dass er mich hereinlegen wollte und ich das Opfer einer Wette zwischen ihm und Sascha wurde. Vermutlich saßen sie schon zu dritt oben am Fenster und glotzten lachend zu mir herunter: Benni, Sascha und Lara. Was sollte ich dann nur tun?

Noch ehe ich den Gedanken zu Ende bringen konnte, klackte die Haustür und Benni stand vor mir. Er grinste wie ein Honigkuchenpferd.

„Du siehst ängstlich aus!", stellte er fest.

Ich schüttelte den Kopf.

„Niemals!"

Als ich Benni nach oben zu seinem Zimmer folgte, sah ich meine beste Freundin Jessica vor meinem inneren Auge auftauchen. Was würde sie wohl zu der Sache sagen? „Miiiiiiniiiii", würde sie garantiert aufseufzen. „Man geht nicht ohne ein einziges klärendes Wort mit einem potenziellen Fremdgeher nach Hause!"

Halt die Klappe, Jess, ich lebe im Hier und Jetzt! Dann dachte ich nicht mehr, sondern ließ mich auf Bennis Bett fallen und genoss nur noch.

Kapitel 7

Wie zwei Verhungernde fielen wir übereinander her. Der Sex riss mich, nüchtern betrachtet, nicht gerade vom Hocker.

Da ich so lange darauf gewartet hatte, genoss ich trotzdem jede Millisekunde. Es war so schön, Benni zu spüren! Ich drückte meine Nase in die Kuhle an seinem Hals und sog seinen Duft tief ein. Er kam bereits nach wenigen Minuten, setzte jedoch kurz danach zu Runde zwei an, die erheblich länger dauerte.

Als unsere Leidenschaft verebbt war und wir Arm in Arm auf seinem Bett lagen, begann mein Hirn wieder zu funktionieren. Sofort fiel mir diese Lara ein. Scheiße!!! Ich kannte sie nicht mal, und doch versetzte mir der Gedanke an sie einen Stich. Jetzt konnte ich allerdings schlecht mit diesem Thema daherkommen. Ich beschloss, die überfällige Aussprache erneut zu verschieben.

Ich hoffte, dass alles nur ein dummes Missverständnis war. Womöglich handelte es sich um einen anderen jungen Mann, der ebenfalls Benni hieß und zufälligerweise auch im Soldatenkostüm unterwegs gewesen war. Oder es ging zwar um meinen Benni, aber er hatte mit dieser Lara bedeutungslos herumgeknutscht und diese hatte gleich eine Beziehung hineininterpretiert, wo keine war. Wie auch immer, im Moment lag Benni neben mir. Für diese Nacht war ich glücklich. Eigentlich wollte ich nicht einschlafen, um nur ja keine Sekunde zu verpassen. Doch während mich Benni von hinten umschlungen hielt, fühlte ich mich dermaßen geborgen, dass ich einfach wegdöste.

Als ich meine Augen wieder öffnete, schien die Sonne zum Dachfenster herein. Die Vögel zwitscherten und durch das gekippte Fenster zog von draußen ein leichter Duft nach Tannenbäumen herein.

Benni stand ganz verstrubbelt vor mir.

„Guten Morgen!", begrüßte er mich lächelnd. „Gut geschlafen?"

Mein Schlaf hatte mich leider mehr als ernüchtert. Ich wollte endlich wissen, wer diese Lara war, konnte an nichts anderes mehr denken. Ich traute mich jedoch nach wie vor nicht, dieses Thema anzuschneiden.

Also antwortete ich ihm leise: „Ja, sehr gut, danke!"

Benni setzte sich zu mir auf die Bettkante. Er strich mir zärtlich durchs Haar und sah mir tief in die Augen.

Ich musste mich schwer beherrschen, um nicht in Tränen auszubrechen. Es könnte alles so schön sein! Wenn doch nur das mit der Anderen nicht stimmt!, schrie ich innerlich auf.

„Fährst du mich bitte nach Hause? Ich möchte gerne duschen und etwas Frisches anziehen. Hab ja nur mein Kostüm dabei!", drängte ich. Seine Nähe überforderte mich. So konnte ich nicht nachdenken.

Benni stand auf und machte ein enttäuschtes Gesicht.

„Ok, wenn du schon gehen möchtest …"

Ich fühlte mich merkwürdig. Auf der einen Seite hätte ich singen, tanzen und mit ausgebreiteten Armen durch Bennis Zimmer rennen können. Auf der anderen Seite wollte ich jedoch am Liebsten vor Wut und Verzweiflung laut losheulen. Damit ich nicht ausrasten konnte, sprach ich so wenig wie möglich. Ich wollte keine Szene in Bennis Elternhaus riskieren. Das wäre mir dann doch zu peinlich gewesen.

Wortlos trotteten wir hintereinander die Treppe hinunter und gingen nach draußen. Glücklicherweise liefen uns Bennis Eltern nicht über den Weg. Das hätte mich restlos aus der Bahn geworfen. Auf der Autofahrt redeten wir ebenfalls nicht viel miteinander, da ich in Gedanken mit den Wörtern herumjonglierte und verzweifelt nach einem Gesprächseinstieg suchte. Viel zu schnell kamen wir in Betzingen an. Langsam fuhr Benni vor das Haus, in welchem sich meine Wohnung befand, und stoppte das Auto.

Ich konnte mich nicht mehr zurückhalten.

„Wer ist diese Lara?", platzte es aus mir heraus.

Ich hatte die leise Hoffnung, dass Benni mich mit Dackelblick ansehen und „Hääää?" fragen würde.

Leider tat er das nicht. Er sackte in sich zusammen und ließ den Kopf hängen.

„Du weißt es also schon!", stellte er fest.

Ich riss ungläubig sowohl Augen als auch Mund auf.

„Ich habe Lara im Krankenhaus kennengelernt und was mit ihr angefangen", gab er zu.

Das reichte. Ich verpasste ihm eine schallende Ohrfeige.

„Du Arschloch!", brüllte ich, sprang aus dem Auto und stürmte in meine Wohnung. Weg, nur weg von hier! Er sollte meine Tränen auf keinen Fall sehen!

Drinnen knallte ich meine Tür so fest zu, wie ich nur konnte, und legte eine meiner *Böhse-Onkelz*-CD´s ein. An meine armen Nachbarn dachte ich gar nicht. Ich drehte die Lautstärke voll auf. Passenderweise ertönte das Lied *Zeit zu gehn*. Mir gefielen der tiefgründige Text und vor allem auch der Sound. In vielen Fällen war diese Musik für mich die reinste Medizin. So auch heute.

„Lieber Haß als falsche Liebe.. ist alles, was ich fühle, eine Lüge ... es ist Zeit zu gehn, zu gehn, zu gehn, zu gehen ...", sang ich lautstark mit, während mir die Tränen nur so übers Gesicht strömten.

Einem spontanen Impuls folgend, schmiss ich voller Wucht den nächstbesten Gegenstand, der mir in die Finger kam, gegen die Wand. Es handelte sich um eine bunt bemalte Blumenvase, die mir Jess zu meinem Einzug geschenkt hatte. Sie zersprang mit einem lauten Knall in viele kleine Scherben. Daraufhin ließ ich mich auf den Boden plumpsen und heulte hemmungslos.

Eine Stunde später saß Sabrina bei mir und wiegte mich im Arm wie ein Baby.

Da ich Jessica nicht hatte erreichen können, hatte ich Sabrina angerufen und sie hatte sich freundlicherweise sofort auf den Weg zu mir gemacht.

Immer wieder schüttelte sie den Kopf.

„Das hätte ich dem Benni niemals zugetraut!", kommentierte sie die ganze Misere. „Er macht so einen lieben, aufgeräumten Eindruck!"

„Ja", schniefte ich. „Ich wollte dich immer davor beschützen, dass Sascha dir so was antut, und jetzt bin ich selber das Opfer!" Sabrina lachte.

„Süß von dir! Dem Sascha hätte ich so was auch sofort zugetraut. Was hat Benni dir gesagt, warum er sich trotz Beziehung auf dich eingelassen hat?"

Ich kratzte mich verlegen am Hinterkopf und richtete mich auf.

„Nichts. Er konnte eigentlich nichts mehr begründen, weil ich ihn sofort angeschrieen habe und weggelaufen bin", gab ich zu.

Sabrina knuffte mich in die Seite.

„Du hast ihn nicht mal nach einer Erklärung gefragt?", wunderte sie sich.

Tja. Jess hätte ich das nicht extra erzählen müssen. Die hätte auch so gewusst, dass ich keine großen Worte mehr machen wollte. Ich seufzte. Jessica wäre jetzt eindeutig die bessere Gesprächspartnerin gewesen.

„Was gibt es da noch zu erklären? Für mich ist der Fall eindeutig. Benni hat eine Freundin, die er mir verschwiegen hat, um mich herumzukriegen. Das geht mal gar nicht!", verteidigte ich mich.

Sabrina erhob sich vom Sofa. „Soll ich dir einen Tee machen? Ich hab dir welchen mitgebracht. Er heißt Anti-Stress-Tee. Ich glaube, den kannst du jetzt gebrauchen", bot sie an.

Ich nahm ihr Angebot dankend an.

Während Sabrina das Teewasser kochte, wunderte ich mich mal wieder, dass sie für ihr Alter schon so durchdacht handelte. Ich kam mir oft vor, als wäre ich diejenige, die zwei Jahre jünger war als Sabrina, nicht umgekehrt.

Jessi hätte bei mir wohl noch ein paar Minusjahre draufgelegt, so dass ich am Ende geistige 13 gewesen wäre, wenn überhaupt.

Nachdem Sabrina nach Hause gegangen war, rief mich endlich Jessica zurück.

„Was ist denn los? Meine Mutter hat mir gesagt, du hättest gefühlte fünfzigmal bei uns angerufen und macht sich schon Sorgen, dass du möglicherweise suizidgefährdet sein könntest!", hakte sie nach.

Als ich ihre Stimme hörte, musste ich schon wieder weinen.

„Ich hab mit Benni geschlafen!", brachte ich zwischen zwei riesigen Schluchzern hervor.

Jess kicherte.

„War er so schlecht, oder warum flennst du jetzt?"

Ich brachte sie auf den aktuellen Stand der Dinge. Sie war erst mal still.

„Hallo? Bist du noch dran?", fragte ich ängstlich in das Schweigen hinein.

Jessica atmete hörbar tief ein und aus.

„Ich musste mich erst mal setzen und kurz nachdenken!", erklärte sie.

„Dass ihr alle so ruhig bleiben könnt! Ginge das auch, wenn ihr selber betroffen wärt?"

Ich musste meinem Frust einfach Luft machen. Jess nahm mir das nicht übel.

„Diana, du bist durch und durch emotional und impulsiv. Das kann auch ganz schön nach hinten losgehen. Ich rufe am besten erst mal Carsten an und frage ihn, ob er was Näheres weiß. Er geht heute in den Motorradclub, da soll er die Ohren offen halten. Ich bleibe extra zu Hause. Die Jungs werden wohl kaum quatschen, wenn ich dabei bin."

Das war ein guter Plan. Andererseits wollte ich nicht wirklich wissen, dass ich für Benni nur eine Trophäe darstellte, die er mal eben abschleppen wollte.

„Ist das nicht verrückt?", wollte ich von Jessica wissen. „Ich hab ein schlechtes Gewissen wegen der Sache mit Sascha und das eigentliche Schwein ist Benni!"

Jessi seufzte.

„Na ja, das eine hat nicht viel mit dem anderen zu tun", behauptete sie. „Das macht deinen Fehler nicht weniger schlimm. Und denk mal an Sabrina. Wie würde sie sich dabei fühlen? Du hast es ihr ja sicher nicht erzählt!"

„Du hast recht. Aber Sabrina will sich Sascha sowieso aus dem Kopf schlagen. Das hat sie mir gestern selber erzählt. Ich glaub, sie versteht sich ganz gut mit Patrick, und der ist eh total in sie verknallt!"

Das Geplauder mit Jessica tat so gut. Wir palaverten noch ein Weilchen über die Motorradclique und sie erzählte auch von ihrer Beziehung mit Carsten.

Nach ihren anfänglichen Startschwierigkeiten lief es richtig gut zwischen den Beiden.

Ich beneidete sie ein bisschen.

„Ich lasse dich heute Abend auf keinen Fall daheim hocken und Trübsal blasen!", konstatierte Jess. „Es ist immerhin Samstagabend und wir könnten ein wenig um die Häuser ziehen!"

„Um die Häuser ziehen? Alles, was ich will, ist auf dem Sofa herumliegen und traurige Filme anschauen!"

Ich war ehrlich entsetzt. Auf Weggehen hatte ich null Bock.

„Wenn Benni wirklich so ein Fiesling ist, hat er so viel Trauer gar nicht verdient! Ich schlepp dich heute Abend auf das Waldmusikfest in Walddorfhäslach! Dort spielt die Band Mc Sunday. Ich fahre sogar freiwillig. Du darfst heute mit meiner Erlaubnis trinken, ist sozusagen medizinisch indiziert!"

Ich war einverstanden. Mc Sunday hatte ich schon mal gehört. Die Band machte Cover-Rock vom Feinsten.

„Also gut, ich such mir gleich ein Outfit raus!", willigte ich ein.

Jessica kam extra schon um 18.00 Uhr zu mir, damit ich nicht lange alleine sein musste.

Das war eindeutig der Nachteil daran, wenn man so früh schon von zu Hause ausgezogen ist. Man kann sich nicht mehr bemuttern lassen. Vielleicht hatte ich mir deshalb so mütterliche Freundinnen ausgesucht?

Die Scherben von der Blumenvase hatte übrigens nicht ich, sondern Sabrina bereits am Mittag weggemacht. Ich trug schon mein Ausgeh-Outfit, einen schwarzen Glockenrock mit aufgestickten weißen Blümchen. Dazu hatte ich ein weißes Spaghettiträgertop an und darüber eine weiße, leicht durchsichtige Bluse mit eng anliegenden Ärmeln. Ich hatte mir wieder Locken in meine Haare geknetet und eine Kette angelegt. Ein Fußkettchen vollendete meinen heutigen Look.

„Na, du hast dich aber aufgebrezelt!", rief Jessica fröhlich, als sie mich so im Türrahmen stehen sah.

Dann spülte sie sofort mein schmutziges Geschirr.

Mit Liebeskummer hat man echt Narrenfreiheit!

Jessica hatte sich ebenfalls adrett zurechtgemacht mit einer schwarzen Satinhose, einem weißen, ärmellosen Top und Segelturnschuhen. Sie trug dazu einen roten Seidenschal ums Haar gebunden, welcher ihr ein mondänes Aussehen verlieh.

„Fehlt nur noch die Sonnenbrille!", kommentierte ich mit einem breiten Grinsen ihr Outfit. Sie legte den Kopf schief und streckte mir die Zunge raus.

„Na, hauptsache ich kann dich aufheitern!", gab sie zurück.

Dann fuhren wir in ihrem blauen VW Polo nach Walddorfhäslach, wo man am Ortsausgang wie jedes Jahr das große Festzelt aufgestellt hatte. Heute waren wir unter den Ersten, die das Zelt betraten, weil wir so früh aufgebrochen waren.

Das störte mich jedoch nicht. Es tat wirklich gut, die eigenen vier Wände zu verlassen.

Sofort steckte mich die Festzeltatmosphäre an und ich bestellte mir passend zur Location einen großen Krug Weizenbier.

„Ui, du trinkst keine harten Sachen, das ist schon mal löblich!", bemerkte Jessica und orderte eine Apfelschorle.

Wir suchten uns eine Bierbank aus, welche direkt an der Zeltwand platziert war, und setzten uns auf den davor stehenden Biertisch. Das machten wir schon immer so, damit wir einen besseren Überblick hatten.

Jessi hob ihr Glas.

„Auf einen schönen Abend!", prostete sie mir fröhlich zu und wir stießen darauf an.

Ich fühlte mich leider immer noch ziemlich elend. Das änderte sich jedoch, als die Band mit dem ersten Set begann.

Mc Sunday waren einfach der Hammer. Ihr erstes Lied war *Sattelite* von den *Hooters*, welches mir sowieso schon gut gefiel. Die Sängerin von *Mc Sunday* mit ihren langen, feuerroten Haaren holte aus dem Lied noch mehr heraus. Sie sang es gemeinsam mit dem Sänger der Band und die Beiden wirbelten währenddessen über die Bühne, so dass ich mich am Liebsten sofort auf die Tanzfläche geschwungen hätte. Doch leider tanzte noch niemand und alleine wollte ich auch nicht so richtig.

Jessi beugte sich zu mir rüber, damit ich sie trotz der lauten Musik hören konnte.

„Es kann sein, dass die Leute vom Motorradclub später auch noch hierher kommen!", brüllte sie mir ins Ohr.

Ich riss entsetzt die Augen auf.

„O nein, ich will Benni heute nicht sehen!", brachte ich erschrocken heraus. „Sobald er kommt, bin ich weg!"

Das konnte meine Freundin verstehen.

„Bis dahin machen wir uns aber noch einen schönen Abend!", bat sie und sah mich durchdringend an.

„Ich bin immer noch der Meinung, dass ihr euch aussprechen solltet!"

Ich schüttelte nur den Kopf und nahm einen großen Schluck Bier.

„Paarty!", kreischte ich und sprang auf, denn mittlerweile wurde *Baby when you're gone* von *Bryan Adams* und *Mel C* gespielt.

„Wer bei dem Song nicht tanzt, ist doch wirklich selber schuld!", stimmte auch Jess mit ein und schmiss die Arme nach oben.

Zu unserer großen Freude hatte sich inzwischen ein kleines Grüppchen auf der Tanzfläche gebildet, so dass Jess und ich uns ebenfalls dorthin begaben und wild herumhüpften. Wir gaben uns ganz der Stimmung und der Musik hin, aber diesmal vergaß ich nicht, immer wieder in die Runde zu schauen, um es sofort zu bemerken, wenn Benni eintrudeln sollte.

Wir waren ungefähr eine Stunde auf der Tanzfläche, als ich Sascha in der Menge entdeckte. Sofort stieß ich Jessica an.

„O je, da drüben ist Sascha!", rief ich ihr zu. „Dann kann Benni auch nicht weit sein!"

Hektisch suchte ich mit meinen Augen die Menge nach Benni ab, aber es machte den Anschein, dass Sascha ohne ihn gekommen war.

Der hatte uns zwischenzeitlich auch gesehen. Freundlich lächelnd steuerte er auf uns zu.

„Hi Ladys!", begrüßte er uns und schüttelte Jeder von uns die Hand. An mich gewandt sagte er: „Du siehst nicht besonders glücklich aus, Prinzesschen."

Ich ließ den Kopf hängen. Was sollte ich darauf nur sagen?

Noch ehe ich mir eine Erwiderung ausdenken konnte, nahm er sanft meinen Arm und schlug vor, mir einen Drink auszugeben.

Da sagte ich nicht nein.

„Jess, wir verschwinden mal kurz an die Bar, ok?", wisperte ich meiner besten Freundin ins Ohr.

Sie warf mir einen warnenden Blick zu und schüttelte kaum merklich den Kopf.

Ich schürzte trotzig meine Lippen und hakte mich bei Sascha unter. Meiner Meinung nach hatte ich jedes Recht der Welt, mit Sascha einen heben zu gehen. Und das machte ich auch.

Er verhielt sich sehr zuvorkommend und bestellte mir einen Jacky-Cola, ohne mich vorher zu fragen.

„Das trinkst du doch immer, oder?"

Ich nickte. Das hatte er sich ja gut gemerkt.

„So, und jetzt erzähl mal. Was ist denn los, dass du so ein Gesicht machst?"

Ich wurde sauer.

„Willst du mich eigentlich verarschen?", fauchte ich ihn an. „Du hast doch längst gewusst, dass Benni eine Andere hat,

und dennoch hast du eiskalt zugelassen, dass er mich zu sich nach Hause abschleppt!"

Sascha legte den Kopf in den Nacken und lachte schallend.

„Entschuldige mal, Prinzesschen, aber hatte ich dir nicht schon gesagt, dass du bei Benni keine Chance hast, als wir in deiner Wohnung waren? Du bist alt genug. Hätte ich euch nachrennen und Benni eine reinhauen sollen? Er ist immerhin mein bester Kumpel! Auch, wenn ich nicht alles, was er so treibt, gut finde, kann ich ihm nicht in den Rücken fallen."

„So, und dafür fällst du lieber mir in den Rücken?", konterte ich.

Sascha ging nicht darauf ein, sondern überrumpelte mich.

„Bist du bereit für ein Wiedersehen mit ihm? Er wird jeden Augenblick hier sein. Gut möglich, dass er Lara mitbringt!"

Ich erschrak zutiefst. Der Letzte, den ich heute Abend sehen wollte, war Benni mit seiner neuen Flamme!

„Bring mich hier weg!", verlangte ich schockiert.

Sascha nahm mich in den Arm.

„Ich hab mein Bike dabei. Wenn du dich mit deinem Röckchen draufschwingen magst, kann ich dich gern nach Hause fahren!", gab er belustigt von sich.

„Klar kann ich! Ich bin doch nicht aus Zucker! Warte hier, ich sage Jess kurz Bescheid." Sofort flitzte ich aus der Bar Richtung Tanzfläche und suchte Jessica. Lieber riskierte ich, mir auf Saschas Motorrad eine Blasenentzündung zu holen, als Benni und Lara in die Arme zu laufen!

Es dauerte nicht lange, bis ich Jessica entdeckte. Sie tanzte immer noch selbstvergessen und hatte die Augen geschlossen. Ich tippte sie an.

„Benni kommt gleich hierher, das packe ich nicht!", informierte ich sie.

„Ich wäre dir überaus dankbar, wenn du noch eine Weile hierbleiben würdest, um zu spionieren. Der Sascha fährt mich nach Hause."

Jessica zog die Augenbrauen nach oben. Das machte sie in letzter Zeit wirklich oft.

Noch ehe sie etwas entgegnen konnte, fuhr ich fort: „Es ist sinnvoller, wenn Sascha mich fährt und du bleibst. Wer soll denn spionieren, wenn nicht du? Tu es für mich. Bitte!"

Ich setzte meinen Kälbchenblick auf, der Jessica immer zum Lachen brachte. So auch diesmal.

„Da hab ich aber was gut bei dir!", gluckste sie.

„Ich kann dir noch nicht versprechen, wie lange ich bleiben werde, aber wenn wirklich alle aus dem Motorradclub nachkommen, wird wohl auch Carsten eintrudeln. Er weiß ja, dass wir hier sind. Und wer weiß? Vielleicht hat er schon etwas Wichtiges bezüglich Benni herausgefunden!"

„Du bist ein Schatz!!!", johlte ich und drückte Jessica überschwänglich ein dickes Bussi auf die Backe.

Ein besoffener Typ, der neben uns stand, gröhlte: „Jaaa, knutscht euch, ihr Lesben!"

Ich blickte ihn verächtlich an und zeigte ihm den Stinkefinger. Anschließend kehrte ich zu Sascha zurück, der bereits mit seinem Motorradschlüssel herumspielte.

Wir gingen gemeinsam nach draußen. Bei seinem Motorrad angekommen, fragte mich Sascha, ob wir noch an einer Tankstelle vorbeifahren sollten, um eine Flasche Wein zu kaufen.

„Gute Idee", kommentierte ich. „Wir können gern noch ein Gläschen Wein zusammen trinken. Ich mag jetzt eh noch nicht alleine sein." Somit war das geklärt.

Ich setzte mich hinter Sascha auf die schwere Maschine und umklammerte ihn in der Erwartung, dass er wieder so einen heißen Reifen fahren würde wie nach der Clubausfahrt.

Doch diesmal überraschte er mich mit einem langsamen, vorsichtigen Fahrstil.

Er denkt wohl, dass ich wegen meinem Liebeskummer leichter herunterfallen könnte, dachte ich und kicherte.

Es war zum Glück eine ziemlich warme Mainacht. Dennoch fröstelte es mich an den Beinen. Durch den Fahrtwind wurde mein Röckchen ständig nach oben gewirbelt. Mit einer Hand versuchte ich, meinen Rock zu bändigen, mit der anderen hielt ich mich an Saschas Hüfte fest.

Nachdem wir an der Tankstelle eine Flasche Pinot Grigio gekauft hatten, fuhren wir zu meiner Wohnung. Sascha stellte sein Motorrad ab und ich kletterte mühsam herunter.

„Es ist total cool, dass du schon alleine wohnst!", begeisterte sich Sascha.

„Das könnte mir auch gefallen! Kein Streß mehr mit den Alten, man kann machen, was man will … Ja, das hat was!"

„Wundert mich sowieso, dass jemand wie du noch bei den Eltern lebt!"

Ich knuffte ihn in die Seite.

„Kannst wohl nicht von den Annehmlichkeiten des Hotels Mama ablassen!"

Er hob beide Hände.

„Kalt erwischt. Ich bekenne mich schuldig im Sinne der Anklage!"

Wir lachten beide.

Ich schloss die Haustür auf und wir gingen nach oben in meine Wohnung. Dort stellte ich den CD-Spieler an. Darin lag noch die gleiche *Onkelz*-CD, die ich am Nachmittag gehört hatte.

Sascha war sichtlich erfreut.

„Du hörst die *Onkelz*? Das ist klasse!", jubelte er und erzählte, dass er schon auf einem Konzert gewesen war.

Wir unterhielten uns über die Band und die Vorurteile, die damit einhergingen.

Sascha hatte diesbezüglich die selbe Einstellung wie ich und boykottierte ebenfalls sämtliche Lieder mit rechtsradikalen Texten.

Wir stießen mit unserem Pinot Grigio an.

„Ich nehme es dir immer noch übel, dass du mich nicht vorgewarnt hast!", maulte ich, woraufhin Sascha energisch protestierte.

„Das hab ich doch, du hast mir nur nicht zugehört!"

Ich nahm einen großen Schluck Wein.

„Erzähl mir von Lara", forderte ich Sascha auf.

Der machte große Augen.

„Willst du das wirklich wissen?"

Ich überlegte. Wollte ich? Statt einer Antwort stellte ich ihm eine weitere Frage: „Ist sie heiß?"

Auch diese Antwort blieb er mir schuldig. Stattdessen nahm er mir das Weinglas aus der Hand und rutschte näher. Er sah mir tief in die Augen.

Wieder mal saßen wir auf dem „sündigen Sofa", was mir jetzt erst so richtig bewusst wurde.

„Diana, ich kann mir wirklich nicht vorstellen, wieso sich ein Kerl für ein anderes Mädel interessiert, wenn er dich haben kann!"

Wow, das war ein Statement. Mir fiel ein, was mir Sabrina über ihren Stocherkahn-Ausflug mit Sascha erzählt hatte. Dass er kein just-for-fun-Typ wäre.

Benebelt durch den Wein beugte ich mich langsam vor und gab Sascha einen sanften Kuss auf den Mund.

Fast sofort darauf packte er mich an den Handgelenken und drückte mich schwungvoll nach hinten aufs Sofa, so dass ich längs darauf lag und er auf mir. Schon wieder. Das hatten wir doch kurz nach der Motorradclubausfahrt bereits. Es war ein durchaus angenehmes Déjà-Vu.

Diesmal wehrte ich mich nicht, als Sascha mir die Hand unter das Top schob. Weil er so stürmisch war, bekam ich es kurz mit der Angst zu tun. Er beruhigte mich jedoch sofort.

„Ich mache nichts, was du nicht willst, Prinzesschen, das verspreche ich dir!"

Ich grinste und ließ alles Weitere einfach geschehen.

Er nahm mich auf seine Arme und trug mich ins Schlafzimmer. Irgendwie machte es mich total an, dass Sascha so wild und zielstrebig war.

Verglichen mit Benni war er ein tobender Vulkan. Er warf mich aufs Bett, drückte wieder meine Arme nach hinten und küsste mich so leidenschaftlich, dass mir kurz die Luft weg blieb. Dann zog er mich aus und rutschte mit seinem Gesicht zwischen meine Beine.

Ja, dieser junge Mann hatte Erfahrung. Eindeutig. Es dauerte nicht lange und ich sah nur noch Sterne.

Zufrieden strahlte er mich an und legte sich auf mich, nahm eins meiner Beine nach oben und drang stürmisch in mich ein.

Körperlich kam ich voll auf meine Kosten. Vermutlich lag es auch daran, dass ich Sascha nicht liebte. Bei Benni war ich unsicher gewesen und immer darauf bedacht, nur ja keine Grimasse zu ziehen oder in einer unvorteilhaften Position zu liegen. Das machte es mir wiederum unmöglich, mich fallen zu lassen. Bei Sascha hatte ich keinerlei Schwierigkeiten. Ich dachte einfach an gar nichts.

Eine halbe Ewigkeit später lag Sascha neben mir und steckte sich eine Zigarette an.

Normalerweise ließ ich es nicht zu, dass jemand in meiner Bude rauchte, doch heute wollte ich mal eine Ausnahme machen. Ich vögelte ja auch in der Regel nicht zwei Tage nacheinander mit zwei verschiedenen Typen. Ich lag auf dem Rücken und starrte wohlig entspannt an die Zimmerdecke. Was war nur mit mir los? Ich war wohl zu einer Art Samantha aus Sex and the City mutiert! Diesmal hatte ich Benni gegenüber kein schlechtes Gewissen. Wer wusste schon, was der genau in diesem Moment so trieb?

„Nun, Prinzesschen, du hast meine Erwartungen nicht enttäuscht!", bemerkte Sascha.

Ich rollte mich auf den Bauch und schaute ihm in die Augen.

„An dich hatte ich keinerlei Erwartungen, also konntest du diese auch nicht enttäuschen!", gab ich zurück.

Die Genugtuung, ihm zu bestätigen, dass er eine Granate im Bett war, wollte ich ihm nicht geben.

„Ich muss dir übrigens noch was gestehen!", fuhr Sascha merklich zerknirscht fort.

O nein, was konnte das nur sein?

Bestimmt hatte er vor, mir mitzuteilen, dass Benni und er eine Wette am Laufen hatten und sie sich nun in einer Art Pattsituation befanden, da sie mich beide hatten abschleppen können. Alles, nur das nicht! Ich blickte ihn fragend an.

Er räusperte sich, nahm noch einen Zug von der Zigarette und murmelte: „Ich hab dich angeschwindelt. Es war nicht so, dass du keine Chance bei Benni hattest. Im Gegenteil. Er war verrückt nach dir. Aber ich konnte ihn davon überzeugen, dass ein Typ wie er bei einer Frau wie dir nicht landen kann. Als er im Krankenhaus Lara kennenlernte, habe ich ihn darin bestärkt, sich mit ihr einzulassen, um dich zu vergessen. Es tut mir leid!"

Nach dieser Ansage holte ich aus und gab auch Sascha eine Ohrfeige, dass es nur so klatschte. Ich versuchte, noch fester zuzuschlagen wie am Tag zuvor bei seinem besten Kumpel.

„Raus!", schrie ich ihn an. „Hau sofort ab! Das ist ja wohl das Allerletzte!"

Ich krallte Saschas Klamotten zusammen und schmiss ihm diese an den Kopf.

„Lass mich alleine! Du hast genau gewusst, dass ich in Benni verknallt bin und alles ruiniert! Verpiss dich!"

Sascha versuchte nicht mal, mich umzustimmen. Wortlos zog er sich an und verließ meine Wohnung.

Mit einem Wutschrei warf ich mich rücklings auf mein Bett.

Dabei hüpfte Saschas Zigarettenpackung von der Matratze hoch. Er hatte sie in der Eile liegen gelassen. Es waren blaue Gauloises. Ich nahm mir eine heraus und zündete sie an. Heute musste ich einfach komplett alles anders machen als sonst.

Kapitel 8

Irgendwie hatte ich es trotz allem geschafft, einzuschlafen. Am Sonntag wachte ich erst gegen halb zwölf auf. Mein erster Gedanke war, dass ich reinen Tisch mit Sabrina machen musste. Wer weiß, was dem Verräter Sascha noch so einfiel. Mit meinem derzeitigen Wissensstand traute ich ihm gnadenlos zu, dass er auch Sabrina gegen mich aufhetzen konnte. Um kein Risiko einzugehen, wollte ich ihr endlich selbst Bescheid sagen. Außerdem hatte ich es satt, dieses Geheimnis länger vor ihr zu verbergen. Entschlossen schnappte ich mein Telefon und wählte Sabrinas Nummer. Beim dritten Klingeln war sie schon dran.

„Sabrina? Guten Morgen! Hast du gleich Zeit, um bei mir vorbeizuschauen? Wenn du möchtest, können wir uns auch gerne woanders treffen. Ich muss dringend mit dir reden!" überrumpelte ich sie.

„Was ist denn los? Du klingst ja total durcheinander!" stellte sie fest, „Ich komme gern zu dir! Sind ja nur ein paar Meter zum Laufen."

„Du bist ein Schatz. Bis gleich!"

Als Sabrina mir gegenüber saß, eine dampfend heiße Tasse Kaffee in der Hand, brachte ich auf einmal kein Wort mehr heraus. Die gesamte Tragweite meines Handelns erfasste mich wie eine Welle. Dass Sabrina mich mit ihren rehbraunen Augen gütig anschaute, machte die Sache nicht besser. Nach einer gefühlten Unendlichkeit des Schweigens fragte sie mich: „Was ist denn nun? Du wolltest dringend mit mir reden und jetzt spuckst du rein gar nichts aus!"

Ich konnte nicht anders, als in Tränen auszubrechen.

Sofort stellte Sabrina ihre Tasse ab und nahm mich in den Arm.

„Ich hab schon von der Sache mit Benni gehört", murmelte sie. „Ich hab dich auch gestern Abend angerufen, aber du warst nicht zu Hause. Es tut mir so leid, dass ich nicht für dich da war! Ich bin dir zur Zeit keine gute Freundin."

Das war zu viel.

„ICH bin dir keine gute Freundin!" brüllte ich, gefolgt von einem lauten Schluchzer. Ich schlug die Hände vors Gesicht und flennte wie ein Baby.

Sabrina wartete einfach ab und streichelte meinen Rücken. Ihre Armreifen klirrten dabei.

„Ich hab etwas Schlimmes getan", erzählte ich endlich, „Als ich gestern mit Jessi unterwegs war, habe ich Sascha getroffen. Wir waren bei mir in der Wohnung, haben zusammen Wein getrunken und dann habe ich mit ihm geschlafen."

So, jetzt war es raus. Ich erwartete, nun meinerseits eine saftige Ohrfeige zu kassieren, die ich ohne Frage verdient gehabt hätte. Doch Sabrina saß nur da und schaute mich an. Ihre Hand lag immer noch auf meinem Rücken. Sie atmete hörbar aus.

„Es tut mir so leid, Sabrina! Ich war ein egoistisches Arschloch und habe nicht darüber nachgedacht, wie ich dich damit verletze. Wahrscheinlich wollte ich Benni damit treffen und es ihm heimzahlen, ich weiß auch nicht!" Meine verständnisvolle Freundin nickte langsam.

„Das macht Sinn", wisperte sie.

Eigentlich hätte ich mich jetzt als armes Opfer präsentieren können, doch das wäre nicht fair gewesen. Ich beschloss, Sabrina reinen Wein einzuschenken – auch, wenn mich das ihre Freundschaft kosten konnte.

„Das ist leider noch nicht alles", beichtete ich weiter und richtete mich auf, so dass Sabrina gezwungen war, ihre Hand von meinem Rücken zu nehmen. Das war mir angesichts meines Geständnisses einfach zu unangenehm.

„Sabrina, es war nicht das erste Mal, dass zwischen Sascha und mir etwas gelaufen ist. Erinnerst du dich an das Räuber-und-Gendarm-Spiel an der Hütte? Dort hat er mich zum ersten Mal geküsst." Da ich nun einmal mit dem Erzählen begonnen hatte, sprudelte die Geschichte nur so aus mir heraus. Ich ließ nichts weg, berichtete auch von dem Geknutsche auf meinem Sofa und wie ich mit Jessica über das Ganze gesprochen, dann aber beschlossen hatte, Sabrina nichts davon zu sagen, weil es für mich ohne jede Bedeutung war und ich sowieso nichts mit Sascha anfangen wollte.

Als ich meinen Redeschwall beendet hatte, stand Sabrina langsam auf. Ich war mir sicher, dass sie nun ohne jedes Wort gehen würde, doch sie lief einfach im Wohnzimmer auf und ab, die Hände hinter ihrem Rücken verschränkt.

„Sag doch irgendwas!" flehte ich, die Spannung kaum aushaltend.

„Diana, wärst du irgendjemand anderes, wäre ich jetzt stocksauer", gab sie zu. „Aber ich kenne dich mittlerweile gut genug, um dir zu glauben, dass du in diese Affäre ungewollt hineingeschliddert bist. Was jetzt nicht bedeutet, dass ich diesen Vertrauensbruch so einfach hinnehmen kann!"

Sie machte eine kurze Pause, in der ich nicht wagte, irgendetwas zu sagen. Ich spielte mit meinen Fingern und seufzte.

„Hinzu kommt, dass ich weder mit Sascha zusammen bin noch irgendetwas in diese Richtung passiert ist. Du hast mir also nichts kaputtgemacht. Abgesehen davon hab ich schon lange gemerkt, dass da etwas zwischen euch ist. Etwas, das du wahrscheinlich selber noch gar nicht bemerkt hast."

„Das heißt, du kündigst mir nicht die Freundschaft?" Ich schöpfte Hoffnung. Sabrina lächelte mich an.

„Nein, dazu hab ich dich viel zu gern, du dumme Nuß! Aber ich muss das Ganze trotzdem erst mal verdauen. Wie du weißt, hab ich mich total in Sascha verknallt. Und ihn jetzt mit dir zusammen zu sehen, das wird anfangs nicht leicht. Obwohl ich geahnt habe, dass es früher oder später so weit kommt."

Ich hob abwehrend die Hände.

„Nein, da irrst du dich! Ich bin nach wie vor hinter Benni her, auch wenn es jetzt ziemlich hoffnungslos ist!" stellte ich klar. „Sascha hat ganz zum Schluß zugegeben, dass er durch einen fiesen Trick dafür gesorgt hat, dass Benni sich auf diese Lara einlässt. Er hat selbst gesagt, dass Benni auch in mich verliebt ist, das heißt zumindest dass er es WAR! Wenn er die Kiste mit Sascha erfährt, bin ich wahrscheinlich völlig unten durch!" Sabrina zuckte die Schultern.

„Dabei kann ich dir nicht helfen. Ich möchte nun heimgehen, Diana, sei mir nicht böse. Ich brauche ein bisschen Abstand."

„Ist gut." Ich begleitete Sabrina noch zur Tür und war einerseits erleichtert, sie nicht gänzlich als Freundin verloren zu haben, andererseits aber bedrückt, weil ich den Riss spüren konnte, den diese Freundschaft durch mein Fehlverhalten bekommen hatte.

Nachdem die Tür ins Schloss gefallen war, rief ich sofort bei Jessica an, um mir Rat zu holen. Als ich ihr von dem Fauxpas mit Sascha erzählte, lachte sie schallend.

„Mini, dein Leben ist wie eine schlechte Seifenoper!" gluckste sie, „Wenn man das verfilmen würde, würde sich das Publikum das Maul zerreißen, wie unrealistisch so eine Story wäre! Und du erlebst das Ganze life und in Farbe!"

„Lach mich nicht aus, hilf mir lieber! Was soll ich jetzt bloß tun? Benni weiß sicher schon längst Bescheid! Sascha hat es mir versaut, und zwar gründlich!"

„Na, na, meine Liebe, so ganz unschuldig bist du an dem ganzen Mist ja nicht!" tadelte mich Jessica. Da musste ich ihr Recht geben. „Deine einzige Chance ist, dem Benni zu beweisen, dass du nicht so schlimm bist, wie es momentan scheint. Das bedeutet: Kein Rumgeflirte, kein Geknutsche! Übrigens habe ich auch etwas zu berichten. Dein Benni war gestern, während du mit Sascha die Laken durchwühlt hast, noch bei Mc Sunday. Und zwar ganz allein, ohne weibliche Begleitung!" Ich hätte vor Wut am Liebsten in das Telefonkabel gebissen. Nach einem kurzen Moment des Zögerns machte ich das auch.

„Hast du mit ihm gesprochen?" hakte ich nach.
Jessica verneinte.

„Carsten hat ihn im Motorradclub ausgequetscht. Er hat Benni auch erzählt, dass du schon lange in ihn verknallt bist." Ich erschrak zutiefst.

„Das ist peinlich!" brauste ich auf, doch Jessi unterbrach mich gleich wieder:

„Peinlich ist, dass du nicht dazu stehen kannst! Durch dein cooles Getue bist du überhaupt in dieser bescheuerten Situation! Hättest du nur gleich in der Hütte reinen Tisch gemacht!"

Ich konnte die Spannung nicht mehr aushalten.

„Was hat Benni dazu gesagt?" drängte ich, mittlerweile auf dem Sofa auf- und abhüpfend.

„Er meinte, dass er aus dir nicht schlau wird, da Sascha ihm glaubhaft versichert hatte, du wärst hinter IHM her. An dem Abend in der Halle hat er zwar schon gespürt, dass du etwas für ihn empfindest, aber er hält dich jetzt für ein leichtes, flatterhaftes Mädchen, das sich nicht entscheiden kann. Womit er nicht ganz unrecht hat!"

Bei Jessis letztem Satz konnte ich geradezu hören, wie sie breit grinste.

„JESS!", motzte ich daraufhin. „Ich weiß wohl, wen ich will, und das ist Benni!"

„Na, dann zeig ihm mal, wie anständig du sein kannst! Da bin ich übrigens selber gespannt", gackerte sie.

Ich schnaubte wie ein Pferd.

„Das werde ich, du wirst schon sehen!"

Mit diesen Worten beendeten wir unser Telefongespräch. Ich zwirbelte das Telefonkabel um meinen Daumen. Ein braves Mädel wollte er also. Na, das konnte er haben!

Kapitel 9

Die Woche verging lästig langsam. Da ich mich weder traute, bei Benni anzurufen, noch bei ihm vorbeizufahren, blieb mir nichts anders übrig, als auf den nächsten Motorradclub-Abend zu warten. Ich stürzte mich in die Arbeit, um mich abzulenken. Wenn ich nicht beschäftigt war, kamen mir trübe Gedanken in den Sinn. *Wenn Benni mich wirklich lieben würde, würde er um mich kämpfen*, war zum Beispiel einer dieser Denkansätze, die mich in schwachen Momenten anflogen. Meiner Meinung nach hätte er sich spätestens seit unserer gemeinsamen Nacht denken können, wie verliebt ich in ihn war. Andererseits konnte es gut sein, dass Sascha ihm von unseren Knutschereien erzählt hatte, und ganz sicher auch von Schlimmerem.

Als es Donnerstagabend war, putzte ich vor lauter Verzweiflung meine Wohnung, weil ich nichts Besseres mit mir anzufangen wusste. Sabrina hielt weiterhin Abstand zu mir und Jess traf sich beinahe täglich mit Carsten. Als ich gerade so richtig schön am Schrubben war, klingelte es an der Haustür. Sofort hoffte ich, Benni würde draußen stehen. Immerhin wäre es ja so langsam an der Zeit! Hastig flitzte ich ins Bad, um mich einigermaßen vorzeigbar zu machen, so gut das auf die Schnelle eben ging. Leider trug ich eine Art Joggingsanzug und die Haare standen wirr in sämtliche Richtungen ab. Kurzerhand knotete ich mir ein blau/schwarz kariertes Band in die Haare, um so mondän auszusehen wie Jessica. Blöderweise bekam ich es nicht so richtig hin und erinnerte nun eher an die Witwe Bolte aus Wilhelm Buschs „Max und Moritz". Ich streckte meinem Spiegelbild die Zunge raus und zischte mir selbst zu: „Besser geht´s jetzt halt nicht!"

Strahlend öffnete ich die Tür – und sah erst mal einen riesigen Blumenstrauß. Mein Herz machte einen Hüpfer. Benni wollte mir ein romantisches Liebesgeständnis machen! Doch leider verbarg sich nicht Benni hinter dem Wildblumenstrauß, sondern Sascha.

„Oh, du bist es!"

Ich konnte meine Enttäuschung nicht verbergen.

Sascha drückte mir das Grünzeug in die Hand.

„Es tut mir wirklich leid, Diana. Ich habe viel nachgedacht in den letzten Tagen", brachte er reichlich zerknirscht hervor.

„Es war echt scheiße von mir, zu versuchen, dich mit so einem miesen Trick für mich zu gewinnen. Ich dachte, wenn wir uns erst ein paar Mal geküsst hätten, wärst du mir restlos verfallen, wie die anderen Mädels, die ich bisher hatte." Er brachte diesen eigentlich völlig arroganten Satz total natürlich rüber. Sascha war es wohl wirklich gewohnt, Jede zu bekommen, die er nur wollte. Sein Verhalten beeindruckte mich ziemlich. Eine Entschuldigung in dem Maße hätte ich ihm niemals zugetraut.

Statt darauf einzugehen, schritt ich wortlos in die Küche, um die Blumen in ein Weizenglas mit Wasser zu stellen. Blumenvasen besaß ich nicht, seit ich meine einzige gegen die Wand geschmettert hatte.

„Möchtest du einen Kaffee?", fragte ich so kühl wie möglich. Sascha nickte.

„Ich habe Benni übrigens nicht erzählt, dass wir miteinander in der Kiste waren!", berichtete er. „Ich hab ihn überhaupt noch nicht gesehen seit unserer Nacht. Ob du es glaubst oder nicht, aber auch ihm gegenüber komme ich mir ziemlich gemein vor."

„Ach was! Das fällt dir ja reichlich früh ein!", motzte ich.

Sascha hielt den Kopf schief.

„Gibst du mir bitte die Chance, das Ganze wieder einzurenken?", bat er.

Ich zuckte mit den Schultern.

„Was anderes bleibt mir ja sowieso nicht übrig!", kommentierte ich.

Er lächelte.

„Ich bin allerdings immer noch der Meinung, dass ihr überhaupt nicht zueinander passt. Mal ehrlich, Prinzesschen, du bist doch absolut nicht das brave, verhuschte Ding, das Benni sucht. Ich gebe dir maximal drei Wochen, dann wirst du dich mit ihm zu Tode langweilen!"

Ich brauste auf: „Das sagst DU! Nicht jeder steht auf so ein Drama mit einem Typen, der alle naselang eine neue Frau in seinem Leben braucht!"

Sascha schien ehrlich entsetzt.

„Das denkst du von mir? Ich war der Ansicht, du würdest mich zwischenzeitlich wenigstens ein bisschen kennen!"

Sascha erhob sich und ließ seine noch volle Kaffeetasse unangerührt stehen.

„Wenn das so ist, haben wir uns heute wirklich nichts mehr zu sagen. Ich mach mich mal vom Acker!"

Statt einer Antwort wedelte ich mit meiner Hand, als wollte ich eine Fliege verscheuchen.

Ohne ein weiteres Wort trollte er sich.

Ich stellte den CD-Spieler an, drehte den Lautstärkeregler weit auf und wienerte noch intensiver als zuvor meinen Fußboden.

Warum schaffte es dieser Trottel nur immer wieder, mich dermaßen auf die Palme zu bringen?

Als endlich der Freitagabend kam, konnte ich es kaum erwarten, in den Motorradclub zu kommen.

Flankiert von Jessica und Carsten fühlte ich mich einigermaßen sicher. Ich war dennoch ziemlich aufgeregt, Benni nun zum ersten Mal nach seinem desaströsen Geständnis wiederzusehen.

Meine gute Jess fuhr extra schon um 20.00 Uhr mit mir in den Motorradclub, um sicher zu gehen, dass wir vor Benni dort sein würden.

Den Gedanken, in den vollen Motorradclub reinzulaufen, während Benni am Tresen stand und sich möglicherweise mit Sascha über mich kaputtlachte, hielt ich einfach nicht aus.

Im Nachhinein hätte ich mich in den Hintern beißen können, dass ich so ätzend zu Sascha gewesen war, obwohl er sich bei mir entschuldigt hatte.

Wenn ich ihn ernsthaft gegen mich aufbrachte, konnte er mir restlos alles bei Benni versauen. Doch wie so oft kam mir dieser wichtige Gedanke zu spät.

Als wir auf das Clubhaus zuliefen, unterbrach Jessi mich beim Sinnieren: „Wir müssen dich kurz alleine lassen! Carsten hat versprochen, Patrick und Basti abzuholen! Ich wollte dich nur schon mal in den Motorradclub bringen, damit du als Erste da bist."

Mir war zwar nicht ganz wohl bei dem Gedanken, möglicherweise alleine auf Sascha und Benni zu treffen, aber ich zeigte mich dennoch einverstanden, dass die Beiden gleich wieder abzogen. Die Hauptsache war, dass ich mir nun im Motorradclub ein bisschen Mut antrinken konnte.

Ich öffnete die schwere Eingangstür und betrat das Clubhaus. Wie erwartet, herrschte drinnen noch gähnende Leere.

Nur der Barkeeper lehnte gelangweilt am Tresen.

„Ja hallo, da verirrt sich aber jemand früh herein!", begrüßte er mich freudig.

Ich hob die Hand zum Gruß und orderte sofort einen großen Wodka Kirsch.

„Na, du lässt es schon ganz schön krachen!", bemerkte der Barkeeper.

„Wie meinst du denn das?", fragte ich erschrocken.

Hatte sogar der Barkeeper mittlerweile herausgefunden, was am letzten Wochenende passiert war? Diese Vorstellung schockierte mich zutiefst.

Ich konnte jedoch beruhigt sein. Er spielte lediglich auf mein Trinkverhalten an.

Ich winkte ab.

„Ich bin immerhin schon ein großes Mädchen!", lachte ich und stieß mit ihm an.

Kurz darauf spazierte ausgerechnet Cliquenparadiesvogel Nathalie zur Tür herein.

Mir bleibt auch gar nichts erspart, dachte ich.

Nathalie hatte sich heute ganz besonders aufgebrezelt und trug ein Lederminikleid sowie eine indianische Halskette, die direkt am Hals anlag.

Die Kette an sich ist nicht schlecht, überlegte ich und nahm einen großen Schluck aus meinem Glas.

Augenscheinlich war Nathalie genauso wenig begeistert, mich zu sehen, wie ich sie.

Sie bestellte sich ebenfalls ein Getränk und blickte danach angestrengt in die entgegengesetzte Richtung. Natürlich versuchte sie sofort, den Barkeeper anzumachen, der sich angesichts dieser unerwarteten Flirtattacke vor Freude beinahe überschlug.

Ich rollte mit den Augen und setzte mich an ein kleines Tischchen in der Ecke, von welchem aus ich den Clubraum gut überblicken konnte.

Nach einer halben Ewigkeit trudelten endlich Jessica, Carsten, Patrick und Basti ein.

Ich atmete erleichtert auf. Glücklicherweise war weder von Sascha noch von Benni irgendetwas zu sehen. Mit großem Hallo begrüßte ich die vier.

Patrick erzählte, dass er in letzter Zeit viel mit Sabrina unternommen hatte. Er war restlos in sie verschossen, hatte es ihr aber bisher noch nicht gezeigt.

„Ich vermute mal, dass sie einfach noch etwas Zeit benötigt!", kommentierte Jess, die sich das Ganze mit angehört hatte. „Immerhin war sie eine ganze Weile in Sascha verknallt!"

„Ich kann dir leider nicht helfen, Patrick", bedauerte ich. „Sabrina und ich haben aktuell keinen Kontakt. Sie hat dir ja sicherlich schon erzählt, weswegen."

Patrick schüttelte erstaunt den Kopf.

„Ihr habt keinen Kontakt? Das wusste ich noch gar nicht! Was ist denn los?"

Er schien ehrlich irritiert zu sein, also berichtete ich ihm haarklein, was vorgefallen war. Patrick vertraute ich genug, um ihn einzuweihen.

Erst wurden seine Augen immer größer, dann schüttelte er sich vor Lachen.

„Das dürfte auch mal eine Premiere für Sascha gewesen sein!", gluckste er und klatschte sich auf die Schenkel. Die Schadenfreude konnte er nicht verbergen.

Während wir so fröhlich plauderten, tauchte plötzlich Benni im Motorradclub auf. Er trug eine Lederkombi und strahlte über das ganze Gesicht.

Mir rutschte das Herz in die Hose.

Leider schob sich direkt hinter ihm ein schlankes Mädel mit blonden Locken und Püppchengesicht zur Tür herein.

Zu meinem großen Entsetzen hatte sie ebenfalls eine Motorradkluft an und umarmte Benni von hinten.

Mir fiel meine Kinnlade herunter, ohne dass ich irgendwas dagegen hätte machen können.

Patrick drehte sich deshalb ebenfalls zur Tür herum.

„Scheiße!", äußerte er. „Wieso bringt er denn ausgerechnet jetzt die Lara mit hierher? Carsten, verstehst du das?"

Carsten schüttelte den Kopf.

„Zu mir hat er noch gesagt, dass er schon total lang in unsere Diana vernarrt ist und sich voll freut, dass es ihr genauso geht. Allerdings traut er ihr nicht mehr über den Weg, aber dass er sich nun vollends auf seine Neue einlässt, hätte ich auch nicht gedacht!"

Ich musste mich extrem zusammenreißen, um nicht vor versammelter Mannschaft loszuplärren.

„Abhauen ist nicht, Mini, du musst jetzt stark sein!", raunte mir Jessica zu.

Sie winkte Benni freundlich, der daraufhin unseren Tisch ansteuerte. O no!!! Ich wäre am Liebsten in ein Mäuseloch gekrochen, sofern es groß genug für mich gewesen wäre.

„Hi!", begrüßte uns Benni und reichte uns allen die Hand.

Er schaute mir für einen Moment tief in die Augen und ich kramte mein gesamtes schauspielerisches Können aus der hintersten Ecke meines Hirns.

„Hallöchen", quietschte ich und setzte ein breites Lächeln auf, welches sich wie eine gefrorene Maske anfühlte.

„Darf ich euch meine Freundin Lara vorstellen?"
Benni schien ehrlich stolz zu sein.

Meine Hoffnung sank unter den Nullpunkt.

„Hallo, Lara", murmelte ich schwach.

Zum Glück blieben die Beiden nicht länger an unserem Tisch stehen.

Ich glotzte Bennis Rücken an, als er sich an der Theke etwas zu trinken bestellte.

Er sah absolut sexy aus in seinem Motorraddress.

Von Sascha war weit und breit nichts zu sehen.

Dies bedauerte ich gegenüber Jessica, die sofort entrüstet aufschnaubte: „Sascha ist doch nicht dein Notnagel! Außerdem musst du Benni zeigen, dass du ein anständiges Mädel bist. Was soll er denn denken, wenn du dich gleich dem Nächsten an den Hals wirfst? Vielleicht will er dich heute nur testen!"

„Haha, träum weiter, der Benni nützt doch nicht für so was ein Mädchen aus!", wehrte ich ab.

Kurze Zeit später verließen Benni und Lara schon wieder den Motorradclub. Sie hatten sich noch freundlich von uns verabschiedet und verkündet, dass sie noch ein bisschen biken gehen würden, da es noch früh am Abend war.

Entgegen aller Warnungen seitens meiner besten Freundin beschloss ich, mich komplett volllaufen zu lassen.

Der Barkeeper staunte nicht schlecht, als ich gleich zwei Wodka Kirsch auf einmal orderte und beide nacheinander wegexte.

„Dasselbe noch mal!", bestellte ich, doch der Kellner zog die Augenbrauen hoch und schüttelte den Kopf.

„Bist du dir wirklich sicher?", hakte er nach.

„Jap! Schieb rüber!"

Doch bevor mir der nette Kerl am Tresen nachschenken konnte, griff Jess ein.

„Nix da, sie hat genug!", rief sie bestimmend und zog mich am Arm von der Theke weg.

„Das schafft dir deine Probleme auch nicht vom Hals!" tadelte sie mich.

Daraufhin konterte ich: „Aber das hilft mir, die Probleme leichter zu ertragen!"

Während wir so diskutierten, kam Benni zurück ins Clubhaus gelaufen. Allein. Er steuerte mit einem Grinsen im Gesicht auf mich zu.

Ich kapierte gar nichts mehr.

„Diana, möchtest du mit mir zum Hayinger Stadtfest kommen? Ich hab extra von zu Hause das Auto geholt!", eröffnete er mir.

„Wo ist Lara?", wollte ich misstrauisch wissen. Sollte sie draußen im Auto warten, würde ich auf keinen Fall auch nur daran denken, mitzufahren!

Benni beteuerte, dass Lara nicht mehr dabei wäre. Die Beiden waren mit dem Motorrad unterwegs gewesen, daraufhin hatte er sie nach Hause gebracht.

„Lara wird immer schnell müde, sie hält es abends nie lange aus. Daran sind die Schichten in der Klinik schuld", erklärte Benni.

Ich beugte mich zu meiner besten Freundin rüber.

„Was meinst du, Jess? Soll ich mit? Was bin ich hier eigentlich? Der Lückenbüßer, wenn seine Trulla nicht mehr kann?", wisperte ich ihr zu.

Jessica machte eine beruhigende Handbewegung, wie bei einem scheuenden Pferd.

„Fahr ruhig mit und warte, was passiert", riet sie mir.

Also schnappte ich meine Jacke und trottete hinter Benni her.

Gut, dass Jessica mich von den weiteren Getränken abgehalten hat, überlegte ich, denn es war mir auch so schon ziemlich schwindelig. Benni ins Auto zu kotzen, wäre das Letzte gewesen, was ich gewollt hätte!

Auf der Fahrt nach Hayingen war ich völlig durcheinander. Leider war ich absolut unfähig, Benni auf das anzusprechen, was mir wirklich unter den Nägeln brannte: Das leidige Lara-Thema.

Auch Benni tat so, als wäre alles so wie immer. Fröhlich legte er eine CD ein und stupste mich gleichzeitig an.

„Das wirst du mögen!", behauptete er.

Kurz darauf erklang *Smells like Teen Spirit* von *Nirvana*.

Ja, das gefiel mir in der Tat. Ich strahlte ihn an. Wer war noch mal diese Lara? Die Erinnerung an das blond gelockte Mädel in Motorradkluft verblasste mit jedem Kilometer, den wir gemeinsam zurücklegten.

Kurz musste ich wieder an meine durchgeplante Jessi denken, die sicher mal wieder den Kopf über mich schütteln würde, doch auch diesen Gedanken verwarf ich schnell wieder.

Vorhin war vorhin und jetzt ist jetzt, dachte ich trotzig. *Jetzt habe ich Benni für mich allein, wenigstens heute Abend!*

In Hayingen war ganz schön was los.

Benni brauchte eine Weile, um einen Parkplatz zu finden. Als wir ausgestiegen waren, bot er mir den Arm wie ein mittelalterlicher Gentleman.

Ich knickste und hakte mich bei ihm unter.

Wir unterhielten uns über belanglose Dinge wie den Motorradclub, das Stadtfest und diverse Rockbands. Sowohl er als auch ich vermieden es, über unsere gemeinsame Nacht oder seine Freundin zu sprechen. Als wir uns ein Bier geholt hatten, nahm er mich in den Arm.

Ob es an den vielen Gesprächen mit Jessica zu diesem Thema lag oder ob ich nun selber klüger geworden war, kann ich nicht genau sagen, doch ich konnte das alles nicht mehr so hinnehmen.

„Benni, woran bin ich jetzt eigentlich bei dir? Möchtest du mit mir zusammen sein oder mit Lara? Weiß sie überhaupt von uns? Hast du mit ihr Schluß gemacht?"

Benni ließ mich sofort los und seufzte tief.

„Lara weiß nicht, was zwischen uns gelaufen ist. Auf dem Kostümfest haben uns wohl zwei Freundinnen von ihr gesehen, aber ich konnte ihr glaubhaft versichern, dass sie mich nur mit einer alten Bekannten angetroffen haben. Ich habe nicht mit ihr Schluß gemacht."

„Also liebst du sie?" Ich war schockiert.

Benni holte tief Luft und setzte dann zu einer Erklärung an.

„So kannst du das nicht sagen. Ich habe für euch Beide Gefühle. Ich wollte so lange was von dir und hab mir gedacht, ich hätte sowieso keine Chance. Dann kam Lara wie ein Knall in mein Leben. Als ich herausgefunden habe, dass du ebenfalls in mich verliebt bist, war ich überglücklich. Auch unsere Nacht war der Hammer. Es war eigentlich genau das, was ich mir so lange gewünscht hatte."

„Na, dann beende das Ding mit Lara und wir können endlich zusammen sein! Wo ist das Problem?"

„So einfach ist es leider nicht."

Benni machte eine Pause und strich sich mit beiden Händen durch seine seidigen schwarzen Haare, sodass diese in alle Richtungen abstanden.

So sah er leider noch süßer aus als sonst.

„Wenn Lara nur nicht so ein liebes Mädel wäre! Sie gibt mir die Sicherheit, die ich brauche. Bei dir weiß ich nie, woran ich bin. Du bist eher wie ein Wirbelwind, bei dem man ständig im Unklaren ist, was als Nächstes passiert. Ich weiß ehrlich gesagt nicht, ob ich dir überhaupt vertrauen kann", gestand er.

Die Wut stieg in mir nach oben wie Kohlensäure in einer frisch geöffneten Sprudelflasche.

„Ich bin auch ein anständiges Mädel! Ich feiere halt einfach gerne! Glaubst du echt, ich würde dich hintergehen, wenn wir richtig zusammen wären?"

Benni streichelte mich mit einer Hand an der Wange und lächelte.

„Nein, das glaube ich eigentlich nicht. Gib mir bitte noch ein bisschen Zeit, ok?", gab er zurück.

Ich schnaubte und wollte schon etwas Gepfeffertes entgegnen, doch selbst mir war bewusst, dass es nun besser war, meine Klappe zu halten. Ansonsten hätte ich das Ganze mit Benni womöglich gleich vergessen können.

Wir quetschten uns durch die Menge, aßen ein Eis und tranken unser Bier. Es war echt schön, mit Benni allein unterwegs zu sein.

Er kaufte sich eine Tüte gebrannte Mandeln und ließ mich immer wieder davon naschen. Plötzlich klemmte er sich eine Mandel zwischen die Lippen und bewegte seinen Kopf demonstrativ in meine Richtung.

„Du willst wohl, dass ich dir die Mandel klaue?", vermutete ich.

Er nickte heftig.

Ich zögerte kurz, doch es war zu verlockend, also nahm ich ihm die Mandel mit meinen Lippen ab.

Natürlich ging dieses Mandel-Klauen nicht sittsam über die Bühne. Keine fünf Sekunden später knutschten wir herum, als gäbe es kein Morgen. Ich fühlte mich, als würde ich auf einer Wolke hoch oben am Himmel schweben.

Als wir uns voneinander lösten, murmelte ich: „Bei dir kann ich meine ganzen Vorsätze nicht durchziehen."

Benni lachte.

„Du hast Vorsätze?"

Darauf boxte ich ihn heftig in die Seite.

Er nahm meine Arme zusammen, hielt diese fest und schaute mir tief in die Augen.

„Ich glaube, ich fahre dich jetzt besser nach Hause", brachte er mit rauer Stimme hervor und bugsierte mich Richtung Auto.

Ich wollte nicht weg. Ich hätte die ganze Nacht mit Benni knutschend auf dem Hayinger Stadtfest verbringen können. Doch Bennis eisernem Willen hatte ich nichts entgegen zu setzen.

Kapitel 10

„Kannst du dir das vorstellen? Ein bisschen Zeit braucht er. Der spinnt doch wohl!?!", ereiferte ich mich, als meine treue Jessica den Telefonhörer abnahm.

Sie gähnte herzhaft.

„Weißt du eigentlich, wie spät es ist?", unterbrach sie mich und beantwortete ihre Frage gleich selbst: „2.36 Uhr!"

„Oh, ist es echt schon so spät? Sorry ...", gab ich kleinlaut zurück.

Jessica war solche nächtlichen Spontananrufe von mir längst gewöhnt. Sie hatte praktischerweise ihr eigenes Telefon im Zimmer.

„Erzähl mal von Anfang an", ermutigte sie mich, woraufhin ich ihr dankbar die ganzen Geschehnisse des Abends ausbreitete.

Jessica vertrat die Meinung, dass Benni wirklich nur Zeit brauchte.

„Ach, und ich soll wohl so lange brav warten und zusehen, wie er Vielweiberei betreibt?" Meine Empörung ließ sich nur schwer zügeln.

„Mini, wer hat denn damit angefangen? Du hast dich wirklich nicht gerade so benommen, als wärst du hinter Benni her. Es ist absolut klar, dass er hin- und hergerissen ist. Es ist nicht gerade Jedermanns Sache, einen Tag mit der einen und am anderen Tag mit der anderen Person herumzumachen und dann trotzdem genau zu wissen, was man will."

Es war mir völlig bewusst, dass sie auf Sascha anspielte, aber ich ging nicht darauf ein.

„Was steht eigentlich morgen an?", lenkte ich stattdessen vom Thema ab.

Jessica lachte laut auf.

„Morgen? Du meinst wohl eher heute! Es ist bereits Samstag, meine Liebe!", korrigierte sie mich.

„Jaja, dann halt heute, was weiß ich!"

Ich musste auch kichern. Gut, dass meine beste Freundin so hart im Nehmen war. Andererseits hatte sie ja auch fast lebenslange Erfahrung mit mir.

„Wir wollten dich eh noch fragen, ob du auf eine kleine Motorradausfahrt an den Bodensee mitkommen möchtest. Wir könnten mit der Fähre auf die Insel Mainau fahren und abends auf der Apfelwiese zelten gehen. Das lenkt dich vielleicht etwas von dem ganzen Schlamassel ab. Basti würde dich auf seinem Bike mitnehmen. Sabrina ist übrigens auch dabei, sie fährt mit Patrick."

Ich überlegte kurz und gab dann zu bedenken, dass ich einige Bedenken hatte, was Sabrina davon halten würde, mich dabei zu haben.

„Sabrina macht das nichts aus. Ich habe sie im Motorradclub gesehen und mich mit ihr unterhalten, als du schon mit Benni abgezischt warst", verriet Jessica mir.

Das beruhigte mich etwas. Eigentlich gefiel mir die Idee recht gut, also sagte ich zu.

„Nun lass mich aber schlafen. Das solltest du übrigens auch tun! Wir müssen nachher früh aufstehen", eröffnete Jessica mir und teilte mit, dass Basti mich schon um halb zehn abholen würde.

Nachdem wir aufgelegt hatten, machte ich mir erst mal einen Asia Nudel Snack und schaltete die Glotze an. Einmal mehr war ich froh über meine eigene Bude. An Schlaf konnte ich nicht mal denken, dazu fühlte ich mich viel zu aufgekratzt. Immer wieder spielte ich den vergangenen Abend gedanklich durch und zappte durch die TV-Programme.

Als es am nächsten Morgen an der Tür klingelte, war ich wie gerädert. Da mir die Benni-Geschichte so sehr im Kopf herumspukte, hatte ich erst gegen Morgen etwas Schlaf finden können. Das rächte sich jetzt.

Bastis wuscheliger Blondschopf huschte schon zur Tür herein, während ich noch im Nachthemd durch die Gegend schlurfte und die Augen kaum auf bekam. Zuallererst wollte ich meinen Morgenkaffee trinken.

„Einen fröhlichen guten Morgen!", begrüßte mich der stets gut gelaunte Kumpel von Carsten und haute mir so kräftig auf den Hintern, dass ich den Kaffee verschüttete.

„HEYYY!", raunzte ich ihn an. „So früh am Morgen verstehe ich noch keinen Spaß!"

Basti lachte.

„Die anderen warten schon unten!"

Kaum hatte er ausgesprochen, tauchte Jessica im Türrahmen auf.

„Diana, ich möchte dich nur mal gleich vorwarnen, dass Sascha auch mitfahren wird! Er ist gerade eben mit seiner Maschine eingetrudelt! Ich hatte echt keine Ahnung, dass er mitkommt!", keuchte sie. Offensichtlich war sie durchs Treppenhaus gehetzt.

Ich zuckte mit den Schultern. Zu enthusiastischeren Reaktionen fühlte ich mich nicht in der Lage. Dafür war ich noch viel zu verschlafen.

Ich schlurfte wortlos ins Badezimmer und schaufelte mir erst mal eine Ladung Wasser ins Gesicht. Dann riskierte ich einen Blick in den Spiegel.

Meine roten Haare standen in alle Himmelsrichtungen ab und meine blaugrünen Augen glotzten farblos aus meinem blass-weißen Gesicht. Hrmpf. Ich brauchte dringend Make-Up.

Im Schnellverfahren warf ich mir Jeans und mein Foxy-Lady-Shirt über, band mir die Haare zu einem Pferdeschwanz und schminkte mich dezent.

Ich lächelte. So konnte ich mich unter die Leute wagen.

Draußen stand tatsächlich Sascha an sein Motorrad gelehnt. Er trug eine Sonnenbrille und hatte eine Zigarette lässig im Mundwinkel hängen.

Als ich ins Morgenlicht trat, blickte er demonstrativ auf seine Armbanduhr.

„Prinzesschen, Prinzesschen! Du brauchst aber verdammt lange im Bad!", begrüßte er mich.

Ich streckte ihm nur die Zunge raus und fischte ebenfalls meine Sonnenbrille aus der Handtasche.

Basti trat von hinten an mich heran und legte einen Arm um mich.

„Bist du dir sicher, dass du bei mir mitfahren möchtest und nicht bei Sascha?", raunte er mir zu.

Ich warf ihm einen entrüsteten Blick zu.

„Natürlich bei dir! Glaubst du, ich setz mich zu diesem Arroganzling aufs Bike?"

Basti warf den Kopf in den Nacken und lachte schallend.

„Oh Diana, du bist gut! Mit diesem Arroganzling, wie du ihn nennst, bist du immerhin in die Kiste gestiegen!", gluckste er.

Ich zog es vor, zu schweigen und winkte kurz in die Runde. Dann rückte ich meine Sonnenbrille zurecht und stieg hinter Basti auf die Maschine.

Jessica saß kichernd hinter Carsten, der vergeblich versuchte, sie zu beruhigen.

Ich klopfte Basti auf die Motorradjacke und deutete ihm an, neben die Beiden zu fahren, was er auch gleich machte.

„Was ist los mit dir?", fragte ich meine beste Freundin, die sich immer noch vor Lachen ausschüttelte.

„Ihr zwei seid einfach zu komisch!", prustete sie. „Sascha und du, ihr führt euch auf wie die letzten Teenies!"

Ich schnaubte nur und ließ auch diese Bemerkung unkommentiert.

Nun meldete sich auch Carsten etwas lauter zu Wort: „Können wir jetzt losfahren?"

Die ganze Gruppe nickte.

Ich erkundigte mich nach Sabrina. Die war schon mit Patrick vorausgefahren, hieß es.

Oh-oh. Das hielt ich nicht gerade für ein gutes Zeichen, wenn sie nicht mit mir zusammen fahren wollte.

Basti ließ seine Maschine aufheulen und fuhr los.

Nach einer Weile begann ich, die Fahrt zu genießen.

Basti war ein sicherer Fahrer. Er heizte auch nicht so durch die Gegend wie Sascha.

Ich konnte mir nicht verkneifen, ab und zu einen verstohlenen Blick auf Saschas Motorrad zu werfen.

Er hatte sichtlich Spaß an der Fahrt, überholte immer wieder die anderen und ließ sich dann zurückfallen, um von Neuem zu überholen. Wenn er nicht überholen konnte, weil es die Verkehrslage nicht zuließ, fuhr er so ausgeprägte Schlangenlinien, dass sein Knie beinahe den Boden berührte.

Wie affig, dachte ich bei mir, *er muss einfach immer angeben!* Ich beschloss, ihn nicht mehr zu beachten. Wie ferngesteuert musste ich dennoch immer wieder zu ihm hinstarren. Bescheuert.

Während der Tour grübelte ich erneut über den Abend mit Benni nach. Warum er wohl nicht bei unserem kleinen Ausflug mitmachte? Ich seufzte. Irgendwie kämpfte er einfach nicht um uns. Das machte mich sehr traurig.

Sascha hingegen tauchte immer dort auf, wo ich war. Warum konnte Benni sich nicht so ins Zeug legen?

Ich nahm mir vor, so bald wie möglich mein Orakel Jessica zu befragen.

Als wir einige Zeit später auf der Fähre standen, hakte ich mich bei meiner besten Freundin unter.

„Kann ich dich mal kurz unter vier Augen sprechen?", bat ich.

Sie nickte wortlos und ließ sich von mir über das Deck ziehen.

Als wir uns außer Hörweite der anderen befanden, berichtete ich ihr von meinen Bedenken Benni gegenüber.

„Er kann doch nicht ernsthaft in mich verknallt sein!", schloss ich meinen Redeschwall ab und ließ die Schultern hängen.

Jessica nahm mich in den Arm.

„Oh Diana, du denkst immer, dass Jeder so ein impulsiver Mensch sein müsste wie du. Ist dir noch nie in den Sinn gekommen, dass Benni einfach etwas anders tickt? Erinnerst du dich, als wir zusammen den Film *Sinn und Sinnlichkeit* angeschaut haben?"

Ich dachte kurz nach.

„Das war der Film, den wir gemeinsam im Kino gesehen haben, oder? Mit den gegensätzlichen Schwestern. Die eine kühl und durchdacht, die andere ein lebenslustiger Vulkan?"

Jessi nickte.

„Genau den meine ich. Und solch unterschiedliche Charaktere gibt es nun mal, Mini, auch wenn das in dein Spatzenhirnchen nicht hineinzupassen scheint!"

Ich knuffte meine beste Freundin in die Seite. So durfte nur Jess mit mir sprechen. Ich wusste ja, dass sie es eigentlich nur gut mit mir meinte.

Ich ließ Jessicas Sicht der Dinge ein Weilchen auf mich einwirken und fasste dadurch wieder Mut.

„Ach Jess, bei dir klingt alles immer so schön logisch. Du bist also nicht der Meinung, dass ich es aufgeben sollte bei Benni, oder?"

„Warum denn? Ihr hattet einen superschönen Abend! Er hat dich um etwas Zeit gebeten, also gib sie ihm auch!"

Ich erklärte mich einverstanden.

In trauter Eintracht kehrten wir zu unserer kleinen Motorradgruppe zurück und stellten uns an die Reling.

Carsten und Basti blödelten herum und versuchten, als eine Art Galionsfigur zu posieren. Dabei übertrumpften sie sich gegenseitig mit dämlichen Gesichtsausdrücken.

Jess und ich kamen aus dem Gackern gar nicht mehr heraus.

In Windeseile erreichten wir die Insel Mainau, an deren Ufer bereits Sabrina und Patrick auf uns warteten.

Als ich die Beiden von weitem erkannte, wurde mir schmerzlich bewusst, wie sehr ich die zierliche Sabrina vermisste. Während Jessica mein Fels in der Brandung war, konnte ich mit Sabrina immer so herrlich albern sein. Ich erinnerte mich an den Abend beim Motorradclub, als das Konzert der Band K.O. stattgefunden hatte. Wie Sabrina und ich gemeinsam abgefeiert hatten. Das fehlte mir furchtbar.

Ich hätte mir mal wieder in den Hintern treten können beim Gedanken an das blöde Herumgevögel mit Sascha. Es hatte mir letztendlich nur Ärger eingebracht. Ich warf Sascha einen bösen Blick zu, den er leider prompt bemerkte.

Er glotzte verständnislos zurück.

Ich hüstelte künstlich und fummelte an meinem Shirt herum.

Sascha deutete meinen Blick völlig falsch und war wenige Sekunden später direkt neben mir.

„Sauer, Prinzesschen?", fragte er unsicher.

Ich wollte jetzt nicht mit ihm sprechen. Nicht so kurz vor der Begegnung mit Sabrina. Ich hatte absolut keine Lust, dass das erste Zusammentreffen mit ihr nach der ganzen Misere gleich in direkter Begleitung von Sascha stattfinden sollte. Wie konnte sie mir dann noch glauben, dass mit Sascha nichts lief?

Ich versuchte verzweifelt, ihn abzuwimmeln: „Lass es, geh weg!"

Doch natürlich vermutete er nun erst recht, dass ich aus irgendeinem Grund ärgerlich auf ihn war, und rückte noch näher an mich heran. Ich verdrehte theatralisch die Augen und wedelte mit einer Hand vor meinem Gesicht herum, während ich den Kopf schüttelte.

Basti kam mir freundlicherweise zu Hilfe.

„Diana, du siehst aus, als würdest du jeden Augenblick hyperventilieren! Wird dir unser Meister-Biker zu aufdringlich?", rief er mir zu.

Ich grapschte dankbar nach seinem Arm.

„Basti, du bist klasse! Ich möchte lieber mit einem gewöhnlichen Mittelklasse-Biker über die Mainau flanieren!", konstatierte ich.

Sascha ließen wir einfach stehen.

Mit offenem Mund gaffte er uns nach.

Sabrina schaute uns mit hochgezogenen Augenbrauen an. Womöglich dachte sie nun, ich hätte was mit Basti.

Das machte mir aber nichts aus. Alles war besser, als wenn sie mir nach wie vor eine Liaison mit Sascha angedichtet hätte.

Mit großem Hallo wurden Sabrina und Patrick begrüßt. Ich wusste nicht, ob ich Sabrina in den Arm nehmen konnte oder ob das unangenehm für sie gewesen wäre, daher reichte ich ihr nur meine Hand.

Sie lächelte mich an und wendete sich dann gleich Basti zu. Sascha ignorierte sie komplett.

Oha, also war sie noch nicht über ihn hinweg. Mist. Ich hatte so sehr gehofft, dass sich mittlerweile zwischen ihr und Patrick etwas entwickelt hätte.

„Na, dann lasst uns mal die Blümchen bewundern!", forderte Carsten uns auf und klatschte wie ein Schullehrer in die Hände.

Die ganze Gruppe setzte sich daraufhin in Bewegung.

Ich war ganz fasziniert von der gewaltigen Farbenpracht der verschiedenen Blüten. Immer wieder blieb ich stehen, um an einem besonders hübschen Exemplar zu riechen oder einen Schmetterling zu beobachten.

Ich war so gefangen von der Schönheit der Natur, dass ich Patrick erst bemerkte, als er direkt neben mir stand.

Ich erschrak kurz, weil ich nicht mit dem Auftauchen einer Person so nahe bei mir gerechnet hatte.

„Meinst du, dass Sabrina sich für mich erwärmt hat?", legte er sofort los.

Ich stieß einen Zischlaut aus.

„Du, Patrick, das weiß wohl jeder Andere zur Zeit besser als ich. Wie du vielleicht festgestellt hast, spricht sie nicht mal mehr mit mir. Doch wenn ich dir meine ehrliche Einschätzung mitteilen darf – ich befürchte, sie hängt immer noch an Sascha. Auch wenn sie sich garantiert dagegen wehrt."

Patrick nickte.

„Ja, so sehe ich das auch!", pflichtete er mir bei.

„Mal was anderes, heut Abend spielt die Rockband *Face* in einem Zelt neben der Apfelwiese. Sollen wir da alle miteinander hingehen?"

„Da ist eine hervorragende Idee! Dann kann ich mich vielleicht auch wieder mit Sabrina aussöhnen!", freute ich mich.

Eine Band im Festzelt zu erleben, war sowieso immer ein gigantisches Ereignis. Ich war echt happy.

Patrick merkte noch an: „Sabrina ist nicht böse auf dich. Sie weiß ja, wie du tickst. Sie ist einfach enttäuscht und verletzt. Gib ihr noch Zeit."

„Zeit, Zeit, das ist aktuell das Einzige, was ich höre!", schnaubte ich.

„Benni will Zeit, Sabrina will Zeit. Das darf doch alles nicht wahr sein!"

Patrick lachte.

„Tja, Mädel, das hast du dir alles ganz alleine eingebrockt, stell dir vor!", kommentierte er.

Hm, da hatte er nicht ganz unrecht. Wie ein reumütiges Schäfchen trottete ich zu der Gruppe zurück, während Patrick die anderen über unser Vorhaben informierte.

Wie erwartet, zeigten sich alle mit dem Besuch des Konzerts einverstanden.

Abends mussten wir unglücklicherweise feststellen, dass die Zeltfeste am Bodensee etwas anders abliefen als bei uns zu Hause. Rund um die Alb kam es eigentlich nie vor, dass man nicht mehr ins Zelt reingelassen wurde. An der schönen Apfelwiese in Gohren am See jedoch standen wir nun wie die begossenen Pudel vor einem Türsteher, der aussah wie Popeye nach einer Maxi-Dose Spinat und abwehrend die Hände hochhob.

„Tut mir leid, Freunde!", gab er von sich. „*Face* ist komplett ausverkauft! Mehr Personen darf ich nicht ins Zelt lassen!"

Von drinnen erklangen bereits die ersten Akkorde. Wie gern wäre ich hineingegangen!

Sabrina bettelte: „Wir kommen doch von so weit her! Bitte machen Sie eine Ausnahme!" Sie versuchte, den Hünen mit ihrem rehäugigen Wimperngeklimper zu betören, was sie zwar wirklich gut drauf hatte, in dem Fall aber leider nichts brachte.

„Ich kann nichts für euch tun. Macht euch woanders einen schönen Abend!", war sein letztes Wort dazu.

Geknickt liefen wir einige Schritte vom Zelt weg, doch Basti drehte sich gleich darauf wieder entschlossen um.

„Ich hab eine Idee!", verkündete er. „An der langen Seite des Zeltes stehen keine Aufpasser! Wir brauchen nur die Zeltplane etwas anzuheben und drunter durchzuschlüpfen, schon sind wir drin!"

„Das ist es, das machen wir!", bekräftigte Patrick und auch wir anderen nickten wie wild.

Ich war richtig aufgeregt, als wir uns der Stelle näherten, die wir für unseren Einbruch ausgesucht hatten.

Basti und Carsten packten jeweils einen Zipfel der Zeltplane. Carsten fing an zu zählen: „Seid ihr bereit? Eins... zwei... drei!"

Bei Drei rissen die Beiden die Zeltplane nach oben und wir übrigen schlüpften darunter durch.

Leider befanden sich direkt im Innern des Zelts zwei weitere Türsteher, die uns mit einem lauten „Heyyy!" anbrüllten.

Ich schaute nicht links noch rechts, sondern raste ohne Rücksicht auf Verluste mitten in eine Menschenmenge im Innern des Zeltes hinein.

Als ich dort abgetaucht war, traute ich mich zum ersten Mal, mich umzudrehen.

Die Türsteher hatten fast alle aus unserer Gruppe geschnappt. Alle außer Sascha.

Der tauchte gerade breit grinsend neben mir auf.

„Das war ja mal ne geile Aktion!", freute er sich.

Ich jedoch fand es nicht so prickelnd.

„Was ist mit den Anderen?", versuchte ich, an seinem Gewissen zu rütteln, doch er legte mir die Hände auf die Schultern und drehte mich langsam so herum, dass ich die Bühne im Blick hatte.

„Wir haben jetzt zwei Möglichkeiten, Prinzesschen. Entweder wir gehen zu unserer Gruppe zurück, lassen uns ebenfalls schnappen und kommen um die Gelegenheit, ein echt geiles Rockkonzert zu erleben."

Er machte eine künstlerische Pause und wies mit ausgebreiteten Armen Richtung Bühne.

„Oder aber wir freuen uns, dass sie uns als Einzige nicht erwischt haben und verbringen einen hammerharten Abend!"

Ich musste nun auch grinsen. Er hatte ja Recht.

Face spielte gerade *Here I go again* von *Whitesnake* an.

Es wäre eine Schande gewesen, so einer guten Band den Rücken zuzukehren.

„Wo ist hier die Bar?", fragte ich, was für Sascha Antwort genug war.

Ich amüsierte mich großartig.

Sascha und ich tranken Araber aus Steinkrügen und hatten tatsächlich noch einen Platz auf einer Bierbank ergattert, auf die wir auch gleich hochkletterten, um darauf Party zu machen. Dort hüpften und schunkelten wir mittlerweile Arm in Arm zur Musik mit.

Mit Sascha konnte man wirklich Spaß haben. Obwohl wir miteinander die Laken durchwühlt hatten, war die Situation überhaupt nicht komisch oder verkrampft. Im Gegenteil, es fühlte sich an wie immer. Sascha drängte sich auch in keinster Weise auf.

An meiner anderen Seite hüpfte ein betrunkener Typ auf der Bierbank auf und ab. Er sah reichlich zerzaust aus, hatte verstrubbelte blassblonde Haare und eine Kobra-Tätowierung am Oberarm.

Als der Kerl bemerkte, dass ich ihn beobachtete, quatschte er mich an: „Na, der neben dir ist wohl dein Freund?"

Ich lachte.

„Nein, wir sind nicht zusammen, er ist nur ein Kumpel!", stellte ich klar.

Der Tätowierte taxierte uns kurz. Dann erhellte sich sein Gesicht. Gleich darauf schubste er mich kräftig in Richtung Sascha und kicherte.

Offensichtlich hatte er es sich zur Aufgabe des Abends gemacht, uns zu verkuppeln.

„Jooooooh!", gröhlte er und riss uns hin und her. Dann sprang er von der Bierbank herunter, stellte sich hinter uns und versuchte, unsere Köpfe aneinander zu pressen.

Da der Kerl so viel getrunken hatte, waren seine Bemühungen entsprechend tollpatschig und hatten den Effekt, dass Sascha und ich das Gleichgewicht verloren und mal nach vorne, mal nach hinten von der Bierbank herunterpurzelten.

Weil wir einander im Arm hielten, fielen wir immer gemeinsam runter und landeten im Dreck.

„Was hat DER denn für einen Vogel?", wollte Sascha von mir wissen.

Ich zuckte nur mit den Schultern und grinste.

„Besoffen halt!", meinte ich.

Als wir uns mühsam aufgerappelt hatten, kreischte der Typ vor Vergnügen und schubste Sascha so kräftig, dass wir erneut umfielen. Diesmal landete ich rücklings auf dem Boden und Sascha auf mir drauf.

Unser Kuppler lachte und klatschte in die Hände.

Sascha schaute mir tief in die Augen. Sein Gesicht näherte sich dem meinen.

„Stopp!", rief ich und krabbelte unter ihm hervor.

Als ich mir den Dreck von meinen Klamotten abklopfte, sagte ich zu Sascha: „Ich habe mich entschieden. Ich bin nach wie vor in Benni verliebt, wie du weißt. Ich möchte das nicht kaputt machen. Ja, er braucht Zeit, was ich idiotisch finde. Ich möchte trotzdem auf ihn warten."

Noch während ich das sagte, fühlte es sich falsch an. Ich hasse es, zu warten. Für mich gab es keinen Grund dazu. Wenn ich in Jemanden verschossen war, war der Fall klar, da gab es einfach nichts zu warten!

Sascha blickte mich ernst an.

„Wie du willst. Ich möchte dich nicht überfahren. Echt schade, dass du so denkst", antwortete er. Er schlurfte wortlos Richtung Tanzfläche.

Währenddessen wurde ich von den verschiedensten Gefühlen überflutet. Als Sascha mich im Arm gehalten hatte, hatte ich mich so leicht und frei gefühlt. Jetzt kam ich mir vor, als hätte jemand einen Mühlstein um meinen Hals gehängt.

Geknickt ging ich hinter Sascha her.

Kaum hatten wir die Tanzfläche erreicht, spielte *Face* eine Ballade. *Totale Finsternis* aus dem Musical *Tanz der Vampire*.

Ein absoluter Gänsehaut-Song.

Die Band gab sich viel Mühe mit ihren Outfits. Zu fast jedem Song zogen sie sich um. Bei dem Musical-Stück trug die Sängerin ein langes, weißes Kleid und der Sänger hatte einen Vampirumhang an. Es sah gigantisch aus.

Einem plötzlichen Impuls folgend, legte ich meine Arme um Saschas Schultern.

„Lass uns tanzen", murmelte ich, woraufhin er mich ebenfalls umarmte.

Wir tanzten einen langsamen Stehblues und ich geriet total durcheinander.

Ich genoss es sehr, Saschas Körper zu spüren. Ich hatte unbändige Lust, ihn zu küssen, also machte ich das auch.

Er öffnete bereitwillig die Lippen, doch nicht mal dreißig Sekunden später brach er ab und protestierte: „Was ist denn jetzt los? Ich dachte, du hast dich für Benni entschieden?"

Ich lachte.

„Nicht diskutieren. Küssen!"

Wieder beugte ich mich vor und teilte Saschas Lippen mit meiner Zunge.

Diesmal brach er nicht ab.

Es fühlte sich herrlich an. Ich streichelte seinen Nacken und spürte die kurz rasierten Stoppeln an seinem Hinterkopf. In diesem Moment wäre ich überall mit ihm hingegangen, am Liebsten in sein Zelt.

Weit weg war Sabrina und genauso weit weg war – wie ich zugeben muss – Benni.

Ich dachte an überhaupt nichts.

Plötzlich setzte ein schnellerer Takt ein, die Band spielte wieder einen Metal-Song.

Die Menge um uns herum setzte sich in Bewegung und rempelte uns an. Sascha machte sich von mir los und wischte sich mit einer Hand über die Lippen. Sein Blick war eisig. Er hob den Zeigefinger und keuchte: „Melde dich bei mir, wenn du endlich mal weißt, was du eigentlich willst!" Er schob sich durch die Menschenmassen hindurch Richtung Ausgang.

„Sascha, warte!", rief ich ihm nach, doch es war sinnlos. Ich konnte ihn bereits nicht mehr sehen.

Ich beschloss, erst mal eine Nacht darüber zu schlafen, und kehrte zum Zeltplatz zurück.

Als ich dort ankam, saßen die Anderen ums Lagerfeuer.

Von Sascha war nichts zu sehen.

„Hey Diana!", begrüßte mich Jess. „Hast du schön gefeiert?"

Ich hatte ein ganz schön schlechtes Gewissen den Anderen gegenüber.

„Es tut mir leid, dass ich nicht nach euch geschaut habe!", antwortete ich zerknirscht. „Habt ihr großen Ärger bekommen?"

Carsten lachte.

„Es geht! Nachdem ich den Türstehern klarmachen konnte, dass wir nichts Böses wollten und es auch nicht noch einmal versuchen würden, war es gar nicht so schlimm. Wir haben ihnen jeweils zwei Bier spendiert und daraufhin haben sie uns laufen lassen."

Puh, immerhin. Das klang ja schon mal nicht schlecht. Es schien auch keiner sauer auf mich zu sein.

„Wo hast du Sascha gelassen?" Diese Frage kam von Sabrina. Autsch.

„Ich weiß nicht, ist er denn nicht schon hier?", gab ich ehrlich zurück und fügte dann noch hinzu: „Wir waren nicht die ganze Zeit beieinander. Vielleicht feiert er ja noch mit Leuten, die er dort kennen gelernt hat."

Jessica wurde neugierig: „Echt, ihr habt dort welche kennengelernt?"

Ich nickte.

„Also, zumindest einen. So einen ganz verrückt aussehenden Typen mit einer Tätowierung am Oberarm! Wen Sascha später sonst noch so kennen gelernt hat, weiß ich nicht. Auf der Tanzfläche haben wir uns recht schnell aus den Augen verloren. Es war aber auch die Hölle los da drin!"

Das war nicht mal gelogen. Den Part mit dem gemeinsamen Engtanz inklusive Kuss verschwieg ich wohlweislich. Ich setzte mich zu Jessica und Carsten, die mich beide schweigend musterten.

Jess warf mir einen Blick zu, der verhieß, dass sie mir nicht so recht glaubte. Doch sie nahm mich nicht beiseite und stellte auch keine weiteren Fragen.

Wir plauderten noch in fröhlicher Runde über den Abend und allgemeine Small-Talk-Themen.

Immer wieder linste ich verstohlen zu Saschas Zelt und Richtung Konzert. Es war nichts von ihm zu sehen.

Als wir uns alle in unsere Zelte begaben, hörte ich Sabrina enttäuscht murmeln: „Na, der Sascha muss aber eine interessante Bekanntschaft gemacht haben, wenn er so lange nicht zurückkommt!" Ich seufzte leise. Wer weiß, wo der sich herumtrieb? Er war richtig aufgebracht gewesen.

Womöglich hatte er sich zugesoffen und lag jetzt bei irgendeinem One-night-Stand.

Eigentlich wäre das verständlich gewesen. Warum nur versetzte mir dieser Gedanke so einen gewaltigen Stich?

Am nächsten Morgen musste ich feststellen, dass der Platz, an dem in der Nacht noch Saschas Zelt gestanden hatte, leer war. Sein Motorrad fehlte ebenfalls.

Ich erschrak zutiefst. Er musste richtig sauer sein, wenn er so einfach abgehauen war, ohne sich zu verabschieden!

Sabrina war ebenfalls entsetzt.

„Weiß einer von euch, wo Sascha ist?", fragte sie ängstlich.

Daraufhin erwiderte Basti: „Ha, der gute alte Sascha wird wohl gestern Nacht sein Herz verloren haben! Sicher möchte er mit seiner neuen Flamme den Tag verbringen. Wahrscheinlich ist sie aus

Konstanz oder vielleicht sogar eine hübsche Schweizerin?"

Die Männer feixten noch ein Weilchen über dieses Thema.

Das könnte sogar sein, dachte ich bei mir, *Ich konnte ja schon bei Benni sehen, wie schnell so was gehen kann!* Irgendwie fühlte ich mich bei diesem Gedanken ganz kraftlos in den Beinen. *Reiß dich zusammen, Mädel!!!*, ermahnte ich mich selbst. Die anderen durften auf gar keinen Fall merken, wie sehr mich Saschas überstürzter Aufbruch mitnahm.

Basti knuffte mich in die Seite, dass ich beinahe in die Knie ging.

„Brechen wir auch mal langsam auf, oder? Wir können unterwegs noch im Mc Donald´s frühstücken!", schlug er vor.

Die Idee fand ich gut.

Als ich fast fertig gepackt hatte, trat Jessica ganz nah an mich heran und raunte mir ins Ohr: „Ich glaube, wir beide müssen uns dringend unterhalten! Aber nicht hier, sonst schnallt es gleich Jeder! Soll ich heute Abend zu dir nach Hause kommen?"

Ich lächelte sie dankbar an.

„Jess, du bist ein Schatz! Danke! Um 19.30 Uhr bei mir? Dann können wir quatschen und mal wieder einen Sex-and-the-City-Abend machen!"

Jessica erklärte sich einverstanden.

Wir trafen uns mehr oder weniger regelmäßig bei mir Zuhause, um die Serie *Sex and the City* auf Video anzuschauen.

„Also, dann bis heute Abend!", rief mir Jessica zu, als sie bei Carsten auf dem Motorrad hockte.

Ich winkte ihr und warf ihr eine Kusshand zu.
Daraufhin bretterten die Beiden davon.
Basti und ich folgten bald.
Das konnte ja alles noch heiter werden. Wo sollte dieses Gefühlschaos nur hinführen?

Kapitel 11

Am Abend saßen Jessica und ich uns gegenüber. Sie hatte es sich auf meinem Sitzkissen bequem gemacht, während ich mich auf der Couch platziert hatte. Wir tranken beide einen leckeren indischen Chai-Tee, der über mein Gequassel beinahe kalt wurde.

„So, nun weißt du alles über den gestrigen Abend", schloss ich meinen Bericht ab und nahm einen extra großen Schluck Tee.

Jessica holte tief Luft.

„Mal ehrlich, Diana, was willst du denn nun wirklich?", fragte sie, woraufhin ich die Augen verdrehte.

„Wenn ich das nur wüsste! Bis gestern dachte ich eigentlich, der Fall wäre klar, aber jetzt? Ich habe eindeutig auch Gefühle für Sascha und es frisst mich auf, dass ich nicht weiß, wo er die Nacht verbracht hat!", gab ich zu.

„Es ist nicht fair, dass du so mit Sascha umgehst", maßregelte mich meine beste Freundin. „Er tut immer so cool, aber du bedeutest ihm ehrlich was und verletzt ihn unglaublich mit deinem Verhalten. Ich glaube nicht, dass er bei einer Anderen war. Er wird wahrscheinlich in irgendeiner Kneipe versumpft sein und in sein Bier geweint haben!"

Ich warf ein Kissen nach meiner Freundin.

„Na, jetzt übertreibst du aber!", kicherte ich.

Jessi zeigte auf den Fernseher, der bereits die vier New Yorker Freundinnen aus der Serie *Sex and the City* zeigte.

„Sieh zu und lerne!", sagte sie im Befehlston. „Carrie weiß wenigstens, wen sie will!"

Die nächsten vierundzwanzig Minuten wurden wir Zeuginnen, wie Carrie Bradshaw versuchte, Aufmerksamkeit von Mr. Big zu bekommen. Sie platzierte Kosmetikartikel sowie ihre Zahnbürste in seinem Bad, nur um kurz darauf die Sachen von ihrem Lover höchstpersönlich zurückgebracht zu bekommen.

Das erinnerte mich stark an Benni und mich.

„Siehst du, das ist wie bei mir! Sie reißt sich den Arsch auf, um eine gescheite Beziehung mit Mr. Big zu bekommen, und er möchte nicht mal ihre Zahnbürste bei sich haben! Das ist doch genau wie mit Benni!", ereiferte ich mich. „Von dem kommt ebenfalls viel zu wenig!"

Jessica wollte gerade etwas entgegnen, als es an der Tür läutete. Wir blickten uns an. Wer konnte das jetzt noch sein? Es war immerhin schon nach 22.00 Uhr!

„Das ist garantiert der Sascha!", vermutete Jessica, und ich gab ihr Recht.

„Es kann nur Sascha sein! Er ist hier, weil er um mich kämpfen will!"

Mit einem warmen Gefühl im Bauch erhob ich mich und ging zur Tür. Doch zu meinem großen Erstaunen stand nicht Sascha unten an der Treppe.

„Benni!!!", rief ich aus und musste mich fast hinsetzen. Damit hätte ich nun wirklich nicht gerechnet.

Wie der Blitz erschien Jess neben mir und schnappte sich ihre Jacke.

„Ich lass euch dann mal alleine!", kommentierte sie ihren raschen Abgang.

Es kam mir total unwirklich vor, als ich so oben an der Treppe stand und zusah, wie Benni langsam die Stufen nach oben kam.

Er strahlte mich an.

„Ich habe Lara für dich verlassen! Jetzt bin ich endlich wieder frei!", verkündete er mir.

Er nahm mich in die Arme und gab mir einen langen Kuss.

Eigentlich hätte ich auf Wolke sieben schweben müssen. Ich hatte mein Ziel erreicht. Doch ich hätte nicht ferner davon sein können. Es fühlte sich eher an wie der Vorhof zur Hölle.

„Du sagtest, du bräuchtest noch Zeit?", murmelte ich ungläubig, einfach nur, um irgendetwas zu sagen.

Benni lachte verlegen und strich sich durch seine nach wie vor seidigen schwarzen Haare.

„Ich will doch schon so lange was von dir, Diana. Eigentlich wollte ich nur Lara nicht wehtun. Dabei habe ich mit meinem Verhalten nicht nur ihr, sondern auch dir wehgetan. Das ist mir jetzt klar geworden." Wieder küsste er mich.

Ich fühlte mich ganz elend. Was war nur mit mir passiert? Benni war doch mein Traummann, oder etwa nicht? Ich konnte es mir nur so erklären, dass der ganze Ärger, den ich mir wegen Bennis dämlichem Zeit-Gehasche gemacht hatte, die Gefühle kurzerhand auf Eis gelegt hatte. Sie waren also eigentlich immer noch vorhanden und mussten nur noch aufgetaut werden. Oder so ähnlich. Also erwiderte ich seinen Kuss und beschloss, es einfach mit ihm zu versuchen. Auch, wenn es sich noch so unwirklich und unecht anfühlte.

„Das wird noch ziemlichen Ärger geben!", prophezeite Benni und strich mir durch die Haare. „Ich werde dich auf jeden Fall über Sascha stellen!"

Das wollte ich genauer wissen, also hakte ich nach.

„Ärger? Inwiefern das denn?"

Benni lachte.

„Der Sascha will auch was von dir. So richtig. Eigentlich hat es ihn noch nie so erwischt. Dass du jetzt mit mir zusammen bist, wird ihm garantiert nicht passen!", erklärte er.

Auch das noch! Mein Magen fühlte sich an, als hätte mir jemand Wackersteine hineingefüllt – genau so wie im Märchen von dem Wolf und den sieben Geißlein.

Ich war außerstande, Benni eine Begeisterung vorzuspielen, wo es keine gab. Ich musste mir dringend ein bisschen Zeit verschaffen.

„Das müssen wir begießen! Leider habe ich keinen Sekt im Haus. Fährst du bitte an die Tankstelle und holst welchen?", bat ich ihn mit einem Augenaufschlag, wie ich ihn schon oft bei Sabrina gesehen hatte.

Ich hoffte nur, dass es bei mir nicht dämlich aussehen würde.

Benni sah mich prüfend an.

„Ich glaube, du hast was im Auge", mutmaßte er.

Also hatte es DOCH dämlich ausgesehen. Mist. Das würde ich nie wieder probieren.

Glücklicherweise eilte er sofort davon, um mir meinen Sekt zu holen. Während er sich auf dem Weg zur Tankstelle befand, hatte ich die Gelegenheit, mich etwas zu betäuben. Ich schnappte mir eine Flasche Wein, die ich eigentlich mit Jessica zusammen hatte trinken wollen, und stürzte in Windeseile zwei Gläser hinunter. Dann rief ich Jessica an.

„Jess!", keuchte ich in den Hörer. „Hoffentlich habe ich noch genügend Zeit, um mit dir zu sprechen!"

Ich ließ meine arme Freundin gar nicht zu Wort kommen, sondern überschüttete sie mit einem Redeschwall an Informationen. Innerhalb weniger Sekunden wusste sie über alles Bescheid.

Als ich endlich still war und auf Antwort wartete, lachte sie schallend und bemerkte dann: „Süße, dir muss man eins lassen: Du hast ein echt mieses Karma!"

Ich schnaubte.

„Karma? Karma is a Bitch!"

„Die Bitch bist in dem Fall ja wohl eher du, meine Liebe – nicht böse sein!", folgte darauf. „Du hast dich in diese Lage gebracht, weil du mal wieder nicht warten konntest. Genau in dem Moment, wo du deine Gefühle für Sascha entdeckst, kommt

Benni angerannt und hat auch noch Lara in die Wüste geschickt. Ganz blöde Situation!"

Ich kreischte in den Hörer: „Was soll ich denn jetzt nur machen???"

Jessis Meinung konnte ich leider nicht mehr abwarten, da meine Türklingel bereits lautstark Bennis Rückkehr ankündigte.

„Scheiße!", zischte ich. „Benni ist schon wieder da! Ich melde mich später!"

Mit diesen Worten knallte ich den Hörer auf die Gabel. Ich exte noch schnell ein drittes Glas Wein und warf mir einen Kaugummi in den Mund. Der Wein wirkte. Ich fühlte mich nun halbwegs in der Lage, den Abend durchzustehen.

Benni stand strahlend in der Eingangstür. Mir entging nicht, dass er hinter der Flasche Jules Mumm eine Packung Billy Boys in seiner Hand versteckte.

„Schön, dass du wieder da bist!", brachte ich hervor. „Lass uns gleich anstoßen!"

Gesagt, getan.

Mit steigendem Alkoholpegel fiel es mir immer leichter, mich wieder auf Benni einzulassen. Süß fand ich ihn nach wie vor.

Leider übertrieb ich es maßlos am Glas, so dass Benni mich letztendlich ins Schlafzimmer tragen musste.

Irgendwie ist das ja romantisch, dachte ich.

Natürlich lief auch wieder was, jedoch bekam ich nicht viel davon mit. Ich war einfach zu blau.

Als Benni fertig war, schlief ich sofort ein.

Kapitel 12

Ich träumte von Sascha.

Er stand mit seinem Motorrad vor meiner Wohnung und hatte seine coole Sonnenbrille auf.

„Lass uns einfach davonfahren, Prinzesschen", raunte er mir zu und hob seine Hand, um mir über die Wange zu streicheln. „Setz dich auf mein Bike und wir fahren weg. Nach Kroatien, Frankreich, Italien ... wohin du willst!"

Gerade in dem Moment, als Sascha mich im Traum küssen wollte, wachte ich auf. Für einen Augenblick wusste ich nicht, was passiert war, aber ich registrierte, dass ein nackter Mann neben mir lag.

Ich lächelte rüber in freudiger Erwartung, Sascha zu sehen. Doch dann überkam mich die Ernüchterung: Es war ja Benni!

Die Geschehnisse des Vorabends prasselten auf mich herein wie eine Sturzflut. Dazu kam ein echt fieser Kater. Ich konnte mich kaum rühren.

Benni war auch bereits wach.

„Guten Morgen, mein Schatz!", begrüßte er mich freudig.

Ich stöhnte zur Antwort nur gequält auf.

Ach du große Scheiße. Benni! Was sollte ich jetzt mit dem anstellen?

„Ich bin völlig verkatert und möchte noch ein bisschen schlafen", erklärte ich ihm. „Bitte lass mich allein. Ich bin absolut fertig mit der Welt! Ich kann heute auch unmöglich arbeiten gehen!"

Zu meiner großen Erleichterung verstand Benni das und trollte sich recht schnell.

Ich trank erst mal zwei Flaschen Mineralwasser und zwang mich, einen kleinen Happen zu essen.

Anschließend tätigte ich einen Anruf bei meinem Arbeitgeber und schob einen Migräneanfall vor. Dann warf ich mir zwei Aspirin ein und legte mich wieder ins Bett.

Wie sollte es nun weitergehen? Ich wollte definitiv nicht mit Benni zusammenbleiben. Meine Gefühle für ihn waren irgendwie ausgelöscht worden, so leid mir das auch tat. Ich konnte das ja selber nicht verstehen, doch sobald ich die Augen schloss, sah ich nur Sascha vor mir.

In Gedanken spulte ich meine schönsten Momente mit Sascha ab und ich erinnerte mich daran, dass Benni gesagt hatte, Sascha sei noch niemals zuvor so verliebt gewesen.

Konnte ich das kaputtmachen, nur weil ich ein schlechtes Gewissen Benni gegenüber hatte? Das wäre wohl reichlich dämlich gewesen.

Ich kuschelte mich in die Kissen und schlief wieder ein.

Als ich erneut die Augen öffnete, gleißte bereits die helle Mittagssonne durch meine mehr schlecht als recht geputzten Fenster. Die Kopfschmerztabletten hatten erfreulicherweise gut gewirkt und mein Kater hatte sich verflüchtigt. Das war ein weiterer Vorteil eines neunzehnjährigen Körpers.

Man verkraftet gelegentliche Alkohol-Exzesse weitaus besser als jenseits der dreißig.

Zu blöd nur, dass heute Montag war und ich somit meinen Kummerkasten Jessica nicht erreichen konnte. Sie musste bis 17.30 Uhr arbeiten.

Ich tapste in meiner Wohnung umher wie ein Tiger im Käfig.

Da ich so gar nicht mehr weiter wusste, rief ich meine Mutter an. Wie immer freute sie sich sehr, von mir zu hören.

Ich berichtete ihr in Kurzfassung von meinem Dilemma.

Sie begeisterte sich total über meine Story.

„Nimm sie dir doch einfach beide, Darling", war ihr Ratschlag. „Du solltest dir dringend mal den Film *Das wilde Leben* über Rainer Langhans und Uschi Obermayer anschauen. Das waren noch Zeiten! Dagegen sind heute alle so spießig! Selbst dein Vater ist ja so langweilig geworden!"

O nein, jetzt kam diese Platte wieder. Wie mein Vater ihr damals nicht verzeihen konnte, dass sie neben der Ehe mit ihm noch eine Affäre mit einem jüngeren Mann aus der Stuttgarter Künstlerszene angefangen hatte.

Dass sie dann mit mir allein erziehend war und zusehen musste, wie sie über die Runden kam. Wie mein Vater, der als Bankangestellter in leitender Position zwar gut verdiente und immer recht viel Unterhalt zahlte, relativ schnell auf die Scheidung gedrängt hatte.

An mich hatte sie dabei nie gedacht. Er anfangs auch nicht. Weil er sich eine neue Familie aufbauen wollte, hatte er in den ersten Jahren leider nur sehr wenig Zeit mit mir verbracht.

Meine Mutter war zwar eine liebevolle Seele von Mensch, aber eben auch völlig durchgeknallt – weswegen ich schon früh bei ihr ausgezogen war.

In dieser Hinsicht hatte mich mein Vater finanziell gut unterstützt.

Ich bremste den Redeschwall meiner Mutter, die wieder mal nur von ihren psychedelischen Erfahrungen schwafelte, und schob wieder die gute alte Migräne vor, um das Telefonat zu beenden.

Meine Mutter war beim Thema Liebe und Beziehungen wirklich keine Hilfe.

Ich wollte eben nicht beide. Ich wollte nur Sascha.

Abgesehen davon hätte ich den Beiden eine Ménage à trois auch nicht antun wollen. Es war immerhin schon schlimm genug, wie bisher alles gelaufen war!

Ich kam zu der Ansicht, dass ich dringend reinen Tisch machen musste, am besten heute noch. Benni würde sich bestimmt im Laufe des Tages von selbst melden, dann konnte ich die gerade begonnene Beziehung gleich wieder beenden.

Am Liebsten hätte ich Sascha schon vorab informiert, doch wie sollte ich das anstellen? Dazu hatte ich keine Chance. Also blieb mir nichts anderes übrig, als den Abend abzuwarten.

Ich pflanzte mich wieder auf mein gemütliches Sofa, stellte mir eine riesige Schüssel

Gummibärchen vor die Nase und verfolgte ein paar Folgen *Sex and the City*.

Der Tag verging lästig langsam. Vor lauter Langeweile putzte ich mal wieder meine Wohnung.

Als sich endlich Bennis Feierabendzeit näherte, schnappte ich meine Handtasche und machte mich auf den Weg zu seinem Elternhaus.

Als ich an der Tür klingelte, war ich richtig erleichtert. Wie erwartet, öffnete mir Benni persönlich.

Er sah so glücklich und verliebt aus, dass ich mich echt beschissen fühlte. Jetzt musste ich ihm wehtun, aber war es besser, ihn hinzuhalten? Niemals.

Als er mir einen Kuss geben wollte, wehrte ich ab.

„Benni, es tut mir leid, aber ich kann nicht mit dir zusammen sein!"

Sein Grinsen erlosch.

„Wieso?"

Ich konnte ihm nicht in die Augen sehen.

„Leider habe ich mich zwischenzeitlich ernsthaft in Sascha verguckt!", gestand ich und fügte noch „Es tut mir leid!" hinzu.

Benni schnaubte wütend.

„Da mach ich extra für dich mit Lara Schluss und du hast nur mit meinen Gefühlen gespielt?", polterte er los.

In dem Moment bekam ich richtig Angst vor ihm.

Für einen Sekundenbruchteil befürchtete ich, er würde mich schlagen, aber das machte er natürlich nicht.

Bei Sascha hätte ich in diesem Fall für nichts garantiert.

Benni jedoch war wie immer sehr beherrscht und hatte sich gleich wieder unter Kontrolle.

„Wie du willst!", grummelte er frostig. „Dann gehst du jetzt wohl besser!"

Dem war nichts mehr hinzuzufügen.

Als ich zur Tür hinaus trat, tat er mir zwar unendlich leid, doch ich fühlte mich beschwingt und frei. Ich war mir sicher, dass ich das Ganze mit Sascha wieder hinbekommen würde.

Kapitel 13

Glücklicherweise hatte der Motorradclub seit Anfang Juni an manchen Tagen auch unter der Woche geöffnet. Ich machte mich zu Hause hübsch und fuhr dann mit meinem Auto nach Kusterdingen zum Motorradclub in der Hoffnung, Sascha dort anzutreffen.

Als ich mein Auto dort abstellte, war es kurz nach 19.30 Uhr.

Mit ziemlichem Kribbeln im Bauch trabte ich den schmalen Kiesweg zum Clubhaus hinunter, aus welchem bereits laute Gitarrenklänge ertönten.

Aha, da schien wohl mal wieder ein Musiker zu Gast zu sein, um einige Lieder zum Besten zu geben. Gut gelaunt steuerte ich das Lagerfeuer an, um welches sich einige Clubmitglieder geschart hatten.

Einen der älteren Rocker, der auch auf der Motorradausfahrt dabei gewesen war, nahm ich bei der Schulter und wisperte ihm ins Ohr: „Hey, ist der Sascha schon da?"

Der grauhaarige Mann musterte mich breit grinsend.

„Klar!", dröhnte er. „Geh nur rein! Aber pass auf, dass du nicht gleich wieder rausfliegst!"

Was sollte das wohl heißen?

Ich ignorierte den komischen Kommentar und begab mich ins Clubhaus. Was ich dort zu sehen bekam, hätte ich allerdings nicht erwartet. Sascha stand mit dem Rücken zur Tür am Tresen und er hatte eine auffällig gestylte Blondine im Arm.

Ich schnappte nach Luft.

Die Blondine war ausgerechnet Nathalie!

Ich widerstand dem Impuls, auf dem Absatz kehrt zu machen, und steuerte stattdessen geradewegs auf die Beiden zu. Ich atmete tief durch. Das musste ich jetzt überstehen. Immerhin war ich selbst schuld und konnte das Ruder immer noch herumreißen, sagte ich mir selbst.

Ich tippte Sascha auf den Rücken.

„Hi!", begann ich.

Weiter kam ich jedoch nicht, da Sascha sofort losbrüllte: „Was willst DU denn noch hier??? Hast du nicht schon genug angerichtet? Sieh dir nur den armen Benni an!"

Ich hatte peinlicherweise gar nicht bemerkt, dass Benni unmittelbar neben den beiden am Tresen saß, den Kopf auf die Unterarme gelegt. Er schien ziemlich besoffen zu sein.

Auch Sascha wirkte nicht mehr ganz nüchtern.

Nathalie glotzte mich triumphierend an, grinste breit und entblößte dabei ihre makellosen Zahnreihen.

Zum Henker mit ihr. Sollte sie doch Karies und Parodontose bekommen.

„Kann ich dich mal kurz unter vier Augen sprechen?", piepste ich, woraufhin Sascha schallend lachte.

„Ich wüsste nicht, weswegen! Ist dir heute mal wieder nach ein bisschen Sascha, und morgen gibt´s wieder eine Prise Benni? Übermorgen dann wohl beide zusammen? Das kannst du dir abschminken, PRINZESSCHEN!"

Nach dem letzten Wort spuckte er auf den Boden.

Ich war völlig verdattert. So hatte ich ihn noch nie erlebt.

„Ich hab mich jetzt auch mal kurzfristig anders entschieden!", warf er noch ein. „Es gibt schöne Frauen, die dazu anständige Mädels sind!"

Dann drückte er Nathalie zu meinem großen Entsetzen vor meinen Augen einen Kuss auf den Mund.

Ich stand wie vom Donner gerührt daneben.

Nathalie kicherte selbstgefällig und schnurrte: „Wollen wir nicht irgendwo hingehen, wo wir ein bisschen alleine sind?"

„Gute Idee, komm!", stimmte Sascha zu, woraufhin beide Arm in Arm den Motorradclub verließen.

Ich blieb wie ein begossener Pudel stehen.

In dem Moment rülpste Benni laut am Tresen.

Ich musste hier raus!

Wie der Blitz schoss ich aus dem Clubhaus und verkroch mich hinten bei den Büschen in der Nähe des Lagerfeuers.

Ich wollte nicht, dass es so aussah, als würde ich Sascha und Nathalie wie ein Hündchen hinterher trotten. Was sollte ich jetzt nur tun? Ich hätte mich selber ohrfeigen können für meine Hauruck-Aktion. Was hatte ich mir nur dabei gedacht, alleine im Motorradclub aufzukreuzen? *Wenn ich wenigstens die Möglichkeit hätte, meine Jess zu erreichen*, seufzte ich innerlich auf.

Jessica wusste immer, was zu tun war. Aber so war ich ganz auf mich alleine gestellt.

Nach einer kurzen Schreckminute beschloss ich, Sascha und Nathalie doch hinterher zu spionieren.

Ich musste einfach wissen, was genau da lief. So würdevoll wie möglich schlich ich mich an den anderen Bikern vorbei Richtung Straße.

Von meinem Schwarm war nichts mehr zu sehen, dafür lief ich beinahe Patrick in die Arme.

„Holla! Was ist denn mit dir passiert? Deine Gesichtsfarbe ist so komisch. Ist das grün oder doch eher weiß?", begrüßte er mich gutmütig, während ich fast am Durchdrehen war.

„Ich muss unbedingt wissen, wo Sascha hin ist! Hast du ihn gesehen?", überfiel ich ihn direkt mit meinem Anliegen.

Er wirkte verwundert, fragte jedoch nicht nach. Auch Patrick kannte mich mittlerweile gut genug, um mit allem zu rechnen.

„Ich hab ihn in der Tat gesehen", murmelte er. „Er ist allerdings in Frauenbegleitung, die dir nicht gefallen dürfte!"

„Weiß ich", motzte ich. „Und wo sind sie hin?"

Patrick schwieg eine Weile und kratzte sich am Kinn.

„Sie sind die Straße da vorne rechts abgebogen. Da geht's zum Wald. Vielleicht wollen sie einen Waldspaziergang machen", eröffnete er mir.

„Danke, Kumpel!" Ich klatschte ihm auf den Hintern und rannte los.

Es kam mir wie eine Ewigkeit vor, bis ich den Weg erreichte, den Patrick mir genannt hatte.

Zwischenzeitlich brach schon die Dämmerung herein. Am Waldrand parkte ein kleiner weißer Audi A1. Von Sascha und Nathalie war nichts zu sehen.

O nein! Sie würden doch hoffentlich nicht im Auto …?

Ich wollte den Gedanken gar nicht zu Ende denken. Stattdessen beschleunigte ich meine Schritte.

Als ich nah genug am Wagen war, stellte ich fest, dass der Audi wackelte. Da drinnen wurde offensichtlich wild gevögelt. Es war sogar das Stöhnen einer Frau zu hören.

Ich fühlte plötzlich, wie meine Beine nachgaben. *Jetzt nur nicht umfallen!*, mahnte ich mich selbst.

Ich zog mich umgehend zurück und versuchte nicht mal, meine Tränen zurückzuhalten. Ich hatte alles ruiniert. Dabei war ich so sehr verliebt in Sascha, das wurde mir jetzt umso schmerzlicher bewusst. Und ich hätte ihn haben können. Zu spät.

Ich hatte nicht bemerkt, dass Patrick mir nachgegangen war.

Er kam mir nun entgegen und nahm mich in den Arm.

„Sooo schlimm?", wollte er von mir wissen.

Ich nickte.

„Schlimmer! Die treiben´s wie die Hasen dort hinten!", schniefte ich.

Eingehakt bei Patrick kehrte ich zum Motorradclub zurück. Dort suchte ich wieder meinen Platz an den Büschen beim Lagerfeuer auf, wo ich mich ganz meinem Schmerz hingab.

Ungefähr eine halbe Stunde später bemerkte ich, wie Sascha mit zerzausten Haaren den Schotterweg hinuntergelaufen kam.

Er war allein.

Ich drückte mich sofort mehr ins Gebüsch, damit er mich nicht sehen konnte.

Leider hatte ich Patrick nicht entsprechend instruiert. Er hatte Sascha ebenfalls entdeckt und schnappte ihn sich sofort.

„Uncool, Alter!", hörte ich ihn herummosern. „Deine Kleine heult ohne Ende! Was knallst du auch gleich ne Andere?"

O nein, das war ja peinlich!

Was Sascha darauf antwortete, konnte ich leider akustisch nicht verstehen, da die Beiden zu weit weg standen.

Patricks dröhnenden Baß konnte man deutlich besser hören als Saschas wohlklingenden Bariton.

Hektisch suchte ich die Gegend nach Fluchtmöglichkeiten ab, aber der einzige Weg vom Motorradclub fort führte über den Kiesweg, auf welchem Sascha und Patrick standen.

Keine Chance, ungesehen an denen vorbei zu kommen.

Die Alternative wäre gewesen, mich auf dem Mädchenklo zu verschanzen, was ich jedoch auch nicht wirklich tun wollte.

Ich machte mich so klein wie möglich und starrte auf den Boden. Mehr konnte ich im Moment nicht tun.

Da kam mir eine Idee. Ich konnte mich direkt an der Hauswand entlang drücken und von dort aus abwarten, bis Patrick mit Sascha zum Lagerfeuer laufen würde. In dem Moment konnte ich losrennen. Beflügelt von meinem Einfall sprang ich auf und eilte gebückt zum Clubhaus, wo ich mich sofort platt wie eine Flunder an die Hauswand presste.

Von meinem Platz aus konnte ich beobachten, wie sich die beiden Männer suchend umschauten.

Nun geht doch endlich von dem blöden Kiesweg runter, beschwor ich sie in Gedanken.

Die Minuten vergingen lästig langsam.

Endlich setzten sich die Beiden in Bewegung und schlenderten Richtung Lagerfeuer.

Ich drückte mich von der Hauswand ab und rannte los.

Leider hatte ich nicht lange genug gewartet. Sie bemerkten mich sofort.

„Dianaaaa!"

Ich konnte nicht sagen, ob Patrick oder Sascha mich gerufen hatte.

Ich rannte einfach weiter und drehte mich währenddessen kurz um.

Tja, man sollte nicht vorwärts rennen und nach hinten schauen. So bemerkte ich das Auto nicht, in welches ich im Begriff war, hineinzurennen. Plötzlich spürte ich einen kräftigen Schlag, hörte den Knall und das Quietschen von Autoreifen, nahm noch einen großen Schatten wahr. Dann wurde alles um mich herum schwarz.

Als ich wieder zu mir kam, befand ich mich im Krankenhaus.

Direkt an meinem Bett saß Sascha und hielt meine Hand. Er sah ehrlich besorgt aus.

Ich lächelte ihn zärtlich an. Er sah einfach zu süß aus.

„Mensch, Prinzesschen, du machst Sachen!", schimpfte er und lächelte ebenfalls.

„Warum nennst du mich eigentlich immer Prinzesschen? Wo das doch ganz und gar nicht zu mir passt!", wollte ich wissen.

Sascha kicherte.

„Weil du dich immer so künstlich darüber aufregst!", gestand er. „Fühlst du dich stark genug, um einen Kuss von mir auszuhalten?"

Ich nickte.

Nachdem er mich lange geküsst hatte, fragte ich ihn sofort nach Nathalie.

„Ich hab das Auto gesehen!", warf ich ihm vor und schmollte.

Sascha legte den Kopf in den Nacken und lachte schallend.

„Ich gebe zu, dass ich vor hatte, mit ihr zu schlafen!", gluckste er. „Aber wegen dir blöden Nuss konnte ich nicht! Ich hab nicht mal einen hoch bekommen!"

Ich war baff.

„Und das soll ich dir glauben? Ich hab doch gesehen, wie das Auto gewackelt hat!", maulte ich, worauf Sascha mich beruhigte.

„Unsere gute Nathalie konnte es nicht fassen, dass sie mich nicht heiß machen konnte, also hat sie auf mir herumgeturnt und gestöhnt und alles Mögliche probiert, was mir eventuell gefallen könnte. Ich konnte trotzdem nur an dich denken, was mich ziemlich blockiert hat."

Ich zog eine Schnute.

„Warum wolltest du überhaupt mit ihr in die Kiste ... ähm ... ins Auto?", raunzte ich.

Sascha nahm mich sanft am Arm.

„Ich war so sauer auf dich. Ich wollte unbedingt versuchen, dich zu vergessen. Und Nathalie läuft mir ja schon lange hinterher. Aber es war auch nicht ok von mir, ihr etwas vorzumachen, wo nix ist. Das hab ich relativ schnell begriffen", erklärte er.

Das leuchtete mir ein.

Ich erfuhr, dass ich direkt vor ein fahrendes Auto gerannt war, welches zum Glück noch rechtzeitig bremsen konnte, so dass ich nicht ernsthaft verletzt war. Ich hatte mir halt ordentlich die Birne angehauen, als ich zu Boden gestürzt war, darum musste ich zur Beobachtung im Krankenhaus bleiben.

„Jetzt sind wir also so richtig zusammen?", vergewisserte ich mich.

Sascha lachte und knuddelte mich durch.

„Ja, Prinzesschen! Hätte ich auch nicht mehr gedacht! Bin mal gespannt, wie lange es dauert, bis wir uns die Köpfe einschlagen! Aber wir haben durch den Unfall und auch schon davor genug gebüßt. Anscheinend haben wir nun ein gutes Karma!"

Das erinnerte mich an den Spruch meiner besten Freundin Jess.

Ich war gespannt, wie sie wohl auf die Neuigkeit reagieren würde, dass ich nun mit Sascha zusammen war. Jetzt war ich endlich glücklich.

Breit grinsend antwortete ich:

„Karma? Karma is a bitch!"